U0003497

# 賴著學英文 ③ 成寒◎著

# 打開英語的寬銀幕

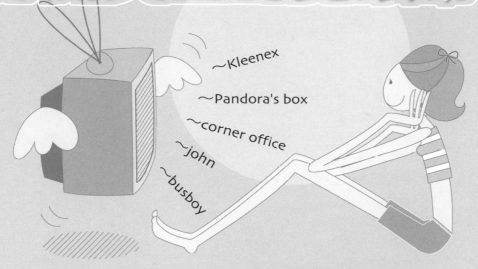

~Kleenex

~Pandora's box

~corner office

~john

~busboy

你看得懂電影嗎？真的看懂了？

成寒為您解讀熱門電影

慾望城市、金法尤物、不可能的任務2 的英文key words

# Go!Go!Listen!

附贈 **搭錯線**
懸疑廣播劇CD

有聲書字彙量
**2000**

另附中英有聲解說

學習不費力

# C o n t e n t s

*Go! Go! Listen!*

《慾望城市》（*Sex and the City*）

*Go! Go! Listen!*

〔推薦序〕

# 學習英語樂無窮

陳超明

　　成寒又出書了，這次要挑戰學英文中最難的一部分──從大眾文化中去尋找學英文的樂趣。從《躺著學英文》到《躺著學英文3──打開英語的寬銀幕》，成寒點出了學英文其實可以很生活化，也可以很有趣的。透過聽英文、看電影，可以學到更多活用與生活的英文，而非照著教科書上的句法猛K。

　　一般來說，學英文應該有三個層次，一是語意的，二是文化的，三是語言本身的知識。在台灣，大都停留在第一層次，從閱讀中去了解單字、文法句型及文章的意義；第二個層次的文化，則常只是一些西方風俗習慣的介紹，很少將其放在語言學習過程中；第三個層次則屬於語言學（Linguistics）的範疇，則只有語言學家或是語言教師會去注意。然而除了第三個層次之外，語言學習應該將語意的與文化的結合在一起，才能真正掌握或提升學習英文的層次。成寒這本書就是企圖以有趣的方式，將語意學習與文化學習融合在一起。我們可以一邊看電影或聽電影，擴充自己的字彙、用語或文化認知。

　　語言學習其實是種模仿或挪用別人的說法，個人在美國生活中，即學到很多這些用法。有一次去修車，那位老技師要我crank it。我一時無法會意，愣在那兒，等到他做了手勢，我才

知道他要我發動車子。crank 是種曲柄，以前發動車子要在車子前頭用此曲柄發動，因此這個片語就成為發動車子的意思。這種不可能在教科書中放進去的用語或用法，其實充斥於英文世界中。

　　在台灣，要從日常生活中去抓取英美人士的用法很困難，但是透過電視或電影的對話，則可以領會這些用法。這是將語言學習與文化認知結合在一起，也就是語言學習本身並非拿著一本教科書、文法書或是語言雜誌與CD中痛苦掙扎，而是隨時隨地在娛樂中抓住學英文的機會。從唸書以來，其實我也都抱著這種心態在看電影，有時不知不覺會覆誦劇中人物的對白，非常有趣，漸漸也會使用這些話語。我個人最喜歡的用語是"pop up"，這句話也是從電視電影看到，之後就常聽到老美講話時常出現。

　　學英文絕非只是懂句法、背單字就可以搞定，其實也要從英美的大眾文化中去體會，這本《躺著學英文3──打開英語的寬銀幕》可以把它當成學英文的樂趣書，也可以把它視為學英文的方法書，當然也可以把它視作體會英美電影的文化書。其中羅列了這幾年來很受歡迎的電影及電視影集，作者以其豐富的生活經驗、文化素養以及鍥而不捨的精神，追查這些用語的含意及使用情形，提供我們一個觀察英文世界的窗口。將語文學習與文化認知結合在一起，這本書應該是個很好的方向。

作者成寒總是認為學英文是一種樂趣，可以與大眾分享。

不過個人比較感慨的是，現在台灣學英文的風氣停留在很膚淺的一面，只求口語溝通，對於文字的內涵及體會，已經很少人注意了。個人這幾年來常常看到學生寫的作文，連基本的拼字或句型都問題百出，經常一句話出現好幾個動詞或是沒有動詞，充滿中文式的句法。最離譜的是連研究生也會出現這樣的英文句子："I is go to movie last night." 學了將近七、八年的英文，台灣學生對此語言的了解還是這麼陌生，有時不知問題出在哪裡，同時也對成寒這本書的出版有點擔心。

當我們的英文程度還未跨越語意的層次，又如何與文化結合呢？當老師還在以教科書、文法觀念或背單字為教學的模式，我們如何能進一步了解英文這語言的文化意涵呢？

市面上的英文學習書幾乎每個月都有新花招、新方法。有的從單字入手、有的從測驗入手，成寒一直強調從「聽」入門，從模仿最實在的語言情境著手，其方法不但有趣而且隨時可行，更將語言學習的層次提升。不過語言學習靠的是恆心，找一個適合自己的方法持之以恆，則任何方法都是可行。希望成寒看英美電影的這些點滴，成為讀者另一個嘗試的窗口。

本文作者為政大英文系主任

〔自序〕

# 看電影走進英語世界

在全球化的今天，由於美國強勢的國力，隨著CNN、好萊塢電影的風行，美式英語自然也成了地球村的「世界語」。語言是一種文化載體，要正確理解並掌握英語的使用，就必須對其文化的社會背景有更生活化的體悟。

在台灣，學英語的花費可說是國民消費支出不斷成長的項目，即使中學學了六年的英文，但一般人除出國外，對美國文化理解主要來自電影及電視影集。本書主要透過這些影片的一些故事、趣聞，來解說一般讀者易忽略或誤讀的字句，希望以有趣的方式，與讀者分享學英語及看電影的樂趣，你會發現學英語也可以是很快樂的一件事。

本書部分篇章曾刊載於過去一年的報紙上，感謝《中國時報》〈浮世繪〉版主編夏瑞紅小姐、《國語日報》〈青春專刊〉林敏束小姐、上海《新民晚報》提供寶貴的版面。政大英文系陳超明主任概允為本書作序，清華大學孫紹曾教授及好友紀元文博士幫忙斧正，謹此誌謝。

〔前言〕

# 英文是一場多采多姿的學習

**你看得懂電影嗎？真的都看懂？**

看電影，有些「關鍵字」（key words）若是不懂的話，一場電影看下來，你覺得你到底看懂多少？或究竟有多少看不懂？關鍵字猶如一把鑰匙，讓我們打開一扇扇通向英語之門。

\*　　　\*　　　\*　　　\*　　　\*

學英文，為何要多讀「經典作品」（the classics）？因為無論是看電影或書報雜誌，隨便碰上一個關鍵字，可能是一般成語，也可能是從名著典故中引用來的，字典裡不一定查得到。因為短短的幾個英文字彙或句子拼湊起來，並不是三言兩語道得盡，背後往往蘊藏許多故事呢！

英美人士偶爾引經據典，一如我們寫字或說話穿插成語或箇中行話，同樣的道理。經典名著《小飛俠》（Peter Pan）的名字不約而同出現在電影《天羅地網》、《絕命追殺令》、《不可能的任務2》與《慾望城市》情節中。小飛俠，真是無處不飛！

看一部電影，倘若能學到五個英文字彙或句子，就已值回

票價！

　　英語是一種以「輕重音」來表達「語調」（intonation）的語言，不同於中文「四聲」的抑揚頓挫或日語的「高低音」。許多人學了各式音標，每個音都會唸，卻「字正腔不圓」，問題就出在 "intonation" 節奏抓不準，老外聽來感覺「調調」不對。不同的人說話的語調變化會傳達不一樣的情緒，電影的戲劇效果最有利於我們去感受並學習說英語所該掌握的 "intonation"，所以要多看電影。

　　然而「誤看」電影的情況也屢見不鮮。因為短短的字彙，背後可能蘊藏著長長的故事。

## 大象成語

　　學英文，也可說是「英文學」（Englishology，請注意，這個單字是我捏造的），並不只是查字典、背生字就夠了。學英文，要注意口音，模腔仿調，才能說得道地，如北京人說「生」，音調是輕聲，不像台灣人用第一聲。學英文，還要注意，每一個英文字眼，背後往往都有它的特殊含義或文化背景，不能望文生義，例如大象的成語：

　　「看到大象」（to see the elephant）是開眼界、見世面。

　　「看到許多粉紅象」（to see pink elephants）是因酒醉或精神錯亂而頭昏眼花，看見異常的現象——居然把灰色大象看成粉紅色。

　　「白象」（white elephant）則是你不想要卻丟不得的東西

——因為白色大象真的很稀少,或是重要人物所贈,雖然留著沒什麼作用,但還是丟不得。

## 城市老鼠與鄉下老鼠

　　無論中文或英文,不同圈子之間有些不同的語言,圈外人初闖進去,往往一時摸不著頭腦。

　　律師之間有律師笑話,醫生之間也有醫生的慣用語,而情人之間更是暗語難猜,光是「寶寶」一詞,可指一個人也可指多個對象,或者是其他。一如《金法尤物》,DVD:1-3,世家公子華納把前後兩任女友都叫「撲撲熊」(Pooh bear)——出自《小熊維尼》(*Winnie the Pooh*)。

　　英文,他們為什麼要這樣說?為什麼不那樣說?他們說這個字或那句話,到底是何用意?

　　《慾望城市》DVD第一季第10集〈新生兒送禮會〉(The Baby Shower),四個女孩駕車出紐約城,前往康州為即將臨盆的女友送祝賀禮。凱莉在出發前說:「四個城市女孩去拜訪鄉下老鼠。」(Four city girls set out to visit the country mouse.)她為什麼要這樣說?

　　這個典故出自《格林童話集》,沒有聽過或讀過〈城市老鼠和鄉下老鼠〉(City Mouse and Country Mouse)的觀眾是無法產生會心微笑的。

　　這幾個顯然都受過高等教育的女孩——米蘭達是哈佛法學院畢業的律師,夏綠蒂出身著名女校史密斯學院(Smith

College），她們平日說話的時候，習慣掉一點書袋，說的詞句有既深且廣的「想像空間」，顯示她們有文化；但若掉太多書袋，則又顯得矯揉造作。

## 語言的認知，因人因地而異

在影集裡，凱莉經常叫油膩膩的中國菜（greasy Chinese food）——我不明白，中國菜並不比墨西哥菜（Mexican food）或中東菜（Mid-Eastern food）來得油膩呀，為什麼她們要這樣說？二○○二年十月，我到加拿大蒙特婁的中國城驀然悟出這個道理。

連續兩晚，朋友和我分別挑了兩家門面看來不錯的中國餐館，第一家坐滿了老中，做的菜果然很合我的口味，濃淡適中；隔天換另一家，老外客人特別多，同樣的一道蔥薑龍蝦，炸過油，真是油膩，簡直吃不下去！我推斷原因，可能是一直以來，國外的中國餐館「以為」老外喜歡吃油膩膩或甜酸的中國菜。從飲食方面的文化差異，可以想像，不同的地方或不同人來學同一語言，可能也有不同的「認知」。

只學過「英式」英語的人，有時可能看不懂「美式」英語。

## 「庇護」不等於「居留權」

對英文的誤讀，甚至也會發生在政治文件中。英美法已有上千年歷史，是與大陸法並行世界的兩大法系之一。可是由於政治因素，英美法教育在中國大陸遭人為割斷了三十年，中國

大陸一直沒有英美法詞典，以至於在閱讀英文法律相關條文時，常發生誤解、誤譯的情形，在國際間引起笑話。多年來，中國大陸的法律系學生作學術研究時，始終沒有合適的英漢《英美法詞典》可供參考，這情形直到近年才有所改善。

舉個最離譜的例子：　"asylum"（庇護）是世界通用的法律術語，卻一直被大陸譯成「居留權」。這個詞甚至在一九五四年寫進憲法裡，一錯就是三十年。這期間歷經三次修憲，這個誤譯卻都沒被發現，直到一九八五年第四次修憲時才加以更正。

這個字，到底錯在哪裡？

申請「庇護」，尤其是「政治庇護」（political asylum），目的就是為了取得「居留權」（permanent residence），以便合法在他人的國家長期居留。申請庇護一旦通過了，就可以取得「居留權」；但如果沒有通過，就拿不到了。所以，「庇護」並不等於「居留權」。

## 英文不會發生在一夜之間

學英文，猶如小孩正在成長一樣，每天餵他吃東西，小孩漸漸就茁壯起來。但不可能一下子餵太多，一夜之間長高。語言不斷在演進，時時在變化，傳統典故、流行俚語層出不窮，新詞迭出，英文是需要多加涉獵，長時間浸泡在裡頭才能漸漸通曉的。

諾貝爾物理獎得主費曼（Richard Feynman）的指導教授惠勒（John Wheeler）——「黑洞」（black hole）名詞的創造

者，曾經如此說過：

我們活在未知之海所環繞的島嶼。當我們的知識之島擴大時，未知的海岸線也隨之延長。

We live on an island surrounded by a sea of ignorance. As our island of knowledge grows, so does the shore of our ignorance.

由於網際網路和全球文化交流，人類的知識成長無邊無際，每天有新詞彙誕生，也有舊詞彙被賦予新的意義，如「同志」一詞，二十年前與今天相比，意義截然不同。電影作為重要的文化媒體，有助於對未知事物、新字詞的理解。

這本書尤其注重字眼背後所蘊涵的文化意義，試著突破英文的圍城──若真的要掉書袋，有人會說列寧格勒九百日。

隨著全球化的風潮，ＣＮＮ新聞、有線頻道、好萊塢電影成了美國文化和時尚的表徵，不管喜不喜歡（like or dislike），我們都必須面對它。

電影中出現的對白，藏有許多文化、典故……疏忽間或有誤讀。在本書中，也列舉一些散見於坊間影片中誤譯的字句。由此看出國人學英文的盲點（每一個人都會有盲點，我自己亦然），以個人淺學所知，把那個點「挑」出來。

## 翻譯有許多模糊地帶

在報上刊載期間,有幾個字眼曾經引起多方讀者的指正或提示,在此致謝。因為如此,筆者也發現,翻譯有許多模糊地帶,並非三言兩語說得清楚。

如電影《金法尤物》提到 "common law marriage",我有許多美國朋友都處於這種長期同居視同合法婚姻的關係,我當然知道英文的解釋,但從來不知台灣到底如何譯法。在寫專欄時曾經請教多位法律人士,每個人都給我不一樣的答案。所以我乾脆在文中埋下「譯法可能眾說紛云」的伏筆,果然引起數位讀者的回應,經徵求作者同意,已轉載書中。

還有 SARS 疫情猖獗期間,一晚我打開電視,正在放映湯姆‧克魯斯《不可能的任務 2》,看了兩分鐘就出現「澳洲的傷寒瑪莉」(Typhoid Mary of Oz),我心想真是湊巧!傳染病議題正熱,專欄剛好可趕上話題,得來全不費功夫。但我只看了兩分鐘,就趕緊打開電腦寫下該文,沒有繼續把片子看完,所以完全沒意識到本片背景在澳洲,我竟錯譯成「奧茲的傷寒瑪莉」,馬上引起好心讀者的指正。

一旦自己作過翻譯,才會了解其中之艱辛,對別人的譯文才會更有同情心或同理心。因為翻譯這件工作,常因會錯意或看走眼,而時有「誤譯」的情況發生。

英文是一場多采多姿的學習。

＊有關英文學習的問題,歡迎上成寒部落格:www.wretch.com/blog/chenhen

# MOVIE 1 》》》 電子情書
## *You've Got a Mail*

　　這是一場有關網路情緣的電影。

　　在紐約人文氣息濃厚的上西區，凱薩琳經營一家小型童書店，書店繼承自母親，已有四十年的歷史，是附近街坊的一景。沒想到附近一家新開張的 Fox's 大型連鎖書店竟危及到小書店的生意，而大書店的老闆喬自然成為凱薩琳的眼中釘。

　　他們各有男女朋友，但在夜深人靜時，兩人開始上網互通心事，卻始終不知對方是誰？

　　直到各自結束戀情後，兩個死對頭終於要見面了。一旦真相大白，兩人還會繼續交往嗎？

＊導演：
　　諾拉・伊伏朗　Nora Ephron
＊主演：
　　湯姆・漢克　Tom Hanks
　　梅格・萊恩　Meg Ryan
　　派克・波西　Parker Posey
　　葛瑞格・金尼爾　Greg Kinnear

# 面紙

週末午後，轉角書店裡來了一群小孩，看書或聽故事。其中有個小朋友忽然打個噴嚏，書店女店主凱薩琳（梅格・萊恩飾）馬上掏出手帕幫他揩拭。

這年頭，有的小朋友大概沒見過手帕，好奇問她：「那是什麼？」（What's that?）

凱薩琳把一角繡了她名字「縮寫」（initial）的手帕拿給他湊近瞧，並解釋道：

手帕是一種用過不必丟的**面紙**。
A handkerchief is a **Kleenex** you don't throw away.

"Kleenex" 是美國著名商品的品牌，生產銷售衛生紙（toilet paper）、面紙（facial tissue）、溼巾（wiper）、紙巾（napkin）。由於美國人用慣這種面紙，即使換別的品牌，在口語談話之間，也以 "Kleenex" 代替「面紙」的說法。

＊　　　　＊　　　　＊　　　　＊　　　　＊

轉角書店即將結束營業，店內書籍一律六折出售。告示一

貼出，老顧客紛紛上門來，緬懷過去的美好時光。

　　有位老婦人記起多年以前，當她還是個小女孩，每個週末都會來逛書店。有一次，凱薩琳的母親拿給她一本《清秀佳人》（*Anne of Green Gables*），並跟她說這本書賺人熱淚：

她說：「讀的時候要準備一盒**面紙**。」
"Read it with a box of **Kleenex**," she said.

＊　　　　　＊　　　　　＊　　　　　＊　　　　　＊

　　認識商品品牌，有時也等於在認識英語文化。因為在口語交談時，往往會省略了部分，可是大家仍然聽得懂。比方說，一提及「圓山」，你立刻想到飯店，而非其他；一說到「誠品」，你最先想到的就是書店。

## 「紅龍蝦」的圍兜

　　二○○三年第七十五屆奧斯卡頒獎典禮，荷葉邊頓成時尚，在眾星身上一時風行。

　　女星的荷葉邊多半表現在裙尾，走起路來款款生姿；梅莉‧史翠普（Meryl Streep）弄個荷葉袖，反而累贅。最令人側目的是，年過七十的老○○七──史恩‧康納萊（Sean Connery），出席時穿得頗花稍，白襯衫前面點綴了有似白荷葉般的領結，層層疊疊，難怪主持人史蒂夫‧馬汀（Steven

Martin）挖苦他：

> 穿得像**紅龍蝦的圍兜**！
> Like **Red Lobster's bib!**

龍蝦戴圍兜？他的襯衫是白色的，怎會和紅龍蝦扯上關係？一家報紙的影劇版就譯成「穿得像紅龍蝦」?!

這就牽扯到文化背景的問題了。「紅龍蝦」實際上是一家連鎖海鮮餐廳，大眾化價格，在美加各地有三百五十家分店。當你在吃螃蟹或蝦的時候，一不小心就會弄髒衣服，所以一走進「紅龍蝦」，桌上除了刀叉餐巾必備，還少不了一付圍兜，食客好像又回到吃奶的年紀。

所以「紅龍蝦」，根本不是龍蝦。

\* \* \* \* \*

《慾望城市》第二季第12集〈強烈痛苦〉（La Douleur Exquise!）

珊曼莎開的「公關公司」（P.R. firm）為一家新餐廳舉辦開幕酒會，眾女友前去捧場。一入座，觀念保守的夏綠蒂看到男侍者打扮怪異，驚訝之餘說，那個服務生怎麼可以穿那樣？真丟臉。

凱莉覺得這沒什麼，她想起自己當年打工的經驗：

　　我在**霍華強森旅館**打工的那個暑假，每天上班都要戴一頂橘色的帽子。

　　The summer I worked at **Howard Johnson's**, I had to wear an orange hat.

＊中文字幕把 "Howard Johnson's" 誤譯成冰淇淋店。

　　關於英美的商業品牌、公司行號等名稱，沒有長期生活在當地，翻譯時可能不太熟悉，以致不知如何下筆。有個快速的方法：上網查詢。尤其是英文網，打上英文名稱，答案立見分曉。

# 房租管制

關鍵字 rent-controlled

凱薩琳開的小型童書店，受到新開大型連鎖書店 Fox's 的排擠效應，生意大受影響，不久恐將結束營業。在店裡長期打工的女學生開始擔憂，一旦失業，她恐怕租不起附近的公寓，只能搬到有「房租管制」公寓出租的布魯克林區。

另一位男同事喬治在旁邊說風涼話：

The joy of **rent control**, six room $450 a month.
**房租管制**多好啊，六房公寓，月租四百五十美金。

房租管制公寓可不是一般的出租公寓。

美國幾個大城市為了保護低收入者有屋可住，付得起房租，在特定區域實施房租管制政策，規定房租的收費標準，房東不得任意調高。這項政策的缺點是，有的房客一住數十年，享受低價房租，到死都不肯搬出去，而房東也不願意花錢整修，任由房子傾圮毀壞。

我的朋友當年在ＭＩＴ唸書，在麻州劍橋租了一棟三房二廳、有「房租管制」的維多利亞式公寓。由於房租實在太便宜，以至於畢業後到科羅拉多州工作，他仍捨不得退房子，每年從西岸飛回去住幾個星期，他還覺得很划算，像度假似的。

有些城市後來就取消房租管制政策，以致房租節節上漲。前行政院長唐飛二○○二年到哈佛進修，在劍橋租了和我朋友一樣的房子，每月房租要十幾萬台幣呢！

＊　　　　＊　　　　＊　　　　＊　　　　＊

《慾望城市》第一季第2集〈完美與平凡〉（Models and Mortals）。

專欄作家凱莉感嘆人生而不平等，天生長得漂亮的帥哥美女，享盡各種好處，佔盡各項便宜，就像有人以很低的代價就租到房租管制的公寓，而且是能夠一覽「公園景觀」（park view）的公寓，真的很不公平。她乃有感而發：

I began to realize that being beautiful is like having a **rent-controlled** apartment overlooking a park, completely unfair and usually bestowed upon those who deserve it least.

我開始了解當帥哥美女就像是租到一間俯臨公園美景的**房租管制**公寓，那根本就不公平，通常是那些最不配的人住在裡頭。

# 到期

**關鍵字** due

聖誕節將臨，轉角書店窗台四周掛滿漂亮的彩色燈泡，充滿佳節氣氛。書店女店主凱薩琳問女店員，聖誕節郵購目錄寄出去了沒？

女店員表示這禮拜太忙，下禮拜她一定會寄出去的。

禮拜五我**要交**一篇論文。
I have this paper **due** Friday.

例句：

你什麼時候**要生（分娩）**？
When is your baby **due**?
——《戰地琴人》

每個月第一天付款。
The payments are **due** on the 1st day of the month.

圖書館在書**到期**前一個禮拜寄出**過期**通知。
The library sends an **overdue** book notice one week before a book is **due**.

# 潘朵拉的盒子

關鍵字 Pandora's box            DVD 1-12

　　書店小開喬（湯姆‧漢克飾）終於發現神祕網友的真實身分，原來她就是轉角書店的女店主凱薩琳，還好凱薩琳並不認識他。由於喬的連鎖書店搶走她的生意，凱薩琳每次遇到喬，總是氣得牙癢癢的，從來不出口傷人的她，竟忍不住吐出刻薄的字眼，連她都不敢相信自己有這等本事。

　　挨了幾頓罵以後，喬透過 e-mail 問凱薩琳：妳有沒有這種感覺，自己已經快變成自己最厭惡的人，就像「潘朵拉的盒子」一樣充滿了各種缺點，頑固、無情、冷漠，盒子忽然打開了，本來是可以一笑置之，但妳卻用言語去攻擊？

　　「潘朵拉的盒子」（Pandora's box）的由來：潘朵拉是希臘神話中的美麗女子。當天神宙斯（Zeus）統一天界，引領眾神在奧林匹斯山生活，唯有打戰有功的普羅米修斯（Prometheus）選擇住在山下，且創造出人類。他賦予人類所有好的東西，包括神界的天火。

　　這一點惹火了宙斯，他下令火神創造潘朵拉，把她嫁給普羅米修斯的弟弟，同時將罪惡、仇恨、憤怒、疾病等裝入一個盒子裡，送給潘朵拉當禮物。

　　普羅米修斯知道盒子裡為何物，他力勸潘朵拉無論如何不要打開盒子。沒想到，越說不要開，潘朵拉就越好奇，有一天

她終於忍不住把它打開，所有的壞東西全跑出來，人類從此開始痛苦的命運。

「潘朵拉的盒子」也用來比喻禍患之源。

　　喪心病狂的退休警察在洛杉磯一棟大樓的電梯裡安置炸藥，遭危機小組的成員傑克和哈利識破。他不甘心，接著在巴士上放炸彈，當巴士的行駛速度超過五十英哩，炸彈就被啓動。一旦啓動就不能停下來，一停就會爆炸，時速低於五十也會爆炸。如果讓乘客先下車，也會引爆炸彈。

　　從電梯到巴士，然後是地鐵，全面高節奏感的動作、特效場面，讓觀眾有一種無法停下來喘氣的感覺。

　　理個小平頭的男主角基諾·李維當年仍名不見經傳，女主角珊卓·布拉克也初登影壇，兩人因爲本片而大紅特紅。

　　如同英文片名，本片從頭到尾表現的是「速度」，可惜中文譯名完全不能顯出其特色。

＊導演：
　　楊·迪邦　Jan de Bont
＊主演：
　　基諾·李維　Keanu Reeves
　　珊卓·布拉克　Sandra Bullock
　　丹尼斯·哈伯　Dennis Hopper
　　傑夫·丹尼爾斯　Jeff Daniels

# 行家 vs. 玩票

**關鍵字** pro vs. amateur　　　　　　DVD 1-4

　　電梯裡有炸彈，經驗豐富的警探哈利（傑夫・丹尼爾斯飾）湊近細瞧。另一名警探傑克（基諾・李維飾）問他，認出這種炸彈是什麼人造的嗎？

　　我認不出這玩意兒，但肯定是個**行家**。
　　I don't recognize the work, but he's a **pro**.

　　行家或職業選手以此為業；反之，就是偶一為之的「玩票」或「業餘」（amateur）。

　　我父親是個**業餘**網球員。
　　My father is an **amateur** tennis player.

　　　　*　　　　　*　　　　　*　　　　　*　　　　　*

　　美國攻打伊拉克之戰，世界各大媒體爭相前往戰區做第一手報導。其中有些年輕的、初次上戰場採訪的記者，被稱為「菜鳥記者」（rookie reporter）；還有一批曾經有過豐富經驗，採訪過上一次波斯灣戰爭的「資深記者」（veteran reporter），

將第一手戰情資訊傳回國內。

　　"veteran" 原意是「老兵」，但也泛指各行各業經驗豐富的老手；"rookie" 則指新兵或新手。

　　初為人父者叫「菜鳥爸爸」（rookie dad）；想當然爾，一個兒女成群的爸爸就叫 "veteran dad"。

　　順便一提，"vs." 是一個英文單字 "versus" 的縮寫，這個字的解釋是：甲對乙，互相比較對照。但在國內報章雜誌上常有人把它寫成 "v. s."，等於是兩個英文字的縮寫，這是錯誤的寫法。

　　我不是**菜鳥**，我是**老手**。
I am not a **rookie**, but a **veteran**.

# 機智問答

DVD 1-4

　　有人在電梯裡裝了炸彈，洛杉磯危機小組警探傑克和哈利兩人趕到現場，研判歹徒的動機及下一步動作。兩人苦中作樂，玩起一場「機智問答」（pop quiz）遊戲。

　　哈利敘述機場出了事，恐怖分子挾持一名人質，以她作掩護，正往飛機走去。如果你離他們僅一百英呎，傑克你要怎麼辦？

　　傑克不假思索回答：「射殺人質！」（Shoot the hostage!）

　　哈利以為他聽錯了。傑克解釋道，如果人質受傷的話，不能動，恐怖分子就無法挾持她上飛機了。

　　　　＊　　　　　＊　　　　　＊　　　　　＊　　　　　＊

　　二〇〇三年亞洲版《時代周刊》封面，出現一個酷酷的眼神，桀敖不馴的頭髮瀟灑一甩，背著吉他的周杰倫，真是神氣！封面上的英文大字印著：「新亞洲流行樂之王」（New King of Asian Pop）。

　　"pop" 當名詞使用時，在音樂界就是「流行樂」、「流行音樂」。但在藝術界，又直接音譯成「普普藝術」（pop art），這是一九六二年至一九六五年間盛行於國際間的新藝術運動，其思

想根源受到美國大眾文化的影響，包括好萊塢電影、搖滾樂、消費文化等等。

　　若當動詞使用，"pop" 這個字唸起來的聲音就和它的意思一樣，「砰一聲爆開」，動作迅疾，快得讓人嚇一跳。小孩一下子就吹出「泡泡糖」（pop gum）。

　　就像「隨堂抽考」（pop quiz），老師事先沒有宣布，一上課就說我們來個小考，平常沒有複習功課的學生可要遭殃了。

＊　　　　＊　　　　＊　　　　＊　　　　＊

　　《電子情書》DVD：1-9，連鎖書店小開喬帶著他祖父的女兒（姑姑）及爸爸的兒子（弟弟）去逛轉角書店，東翻翻，西瞧瞧，突然發現一本恐龍書，也許四歲小男生會有興趣：

這是一本恐龍**立體書**。
It's a **pop-up** dinosaur book.

＊　　　　＊　　　　＊　　　　＊　　　　＊

　　《慾望城市》第一季第1集〈慾望城市〉（Sex and the City），英國女記者伊莉莎白來到紐約，不久就釣上黃金單身漢提姆。兩人交往一陣子後，男方開始有進一步的行動。

那天提姆**突然提出**一個問題

That day Tim **popped** the question.

# 野貓

關鍵字 wildcat                              DVD 1-13

　　一名退休警官在編號 2525 巴士裡安裝定時炸彈，只要車子的時速一超過五十英哩就會爆炸，低於五十英哩也會爆炸。他還警告說不得讓任何一位乘客下車，否則他就引爆炸彈，且要求在十一點以前收到一百七十萬美元的贖金。

　　因司機意外受傷，由另一名女乘客安妮（珊卓・布拉克飾）臨危充當駕駛員，一路上歷經各種危險狀況。警探傑克想辦法搭上這輛巴士。但他想不通，為何車內的情況，對方總是知道得一清二楚。

　　忽然間，傑克從安妮的灰色校服字樣聯想到壞蛋的談話：「叫那開車的野貓別減慢車速。」（You tell that wildcat behind the wheel not to slow down.），終於醒悟到車上必定有攝影機，可以看見車內的動靜，然後他看到安妮穿的校服背後印著："U Arizona" 的字樣。

　　DVD：1-18，他立刻向安妮確認：「妳唸過亞利桑那大學？」（Did you go to the University of Arizona?）

　　安妮回答：「是啊！怎樣？」（Yeh? So?）

　　「亞利桑那野貓，很棒的美式足球隊。」（Good football team. Arizona Wildcats）。

　　他恍然大悟：「他之前叫妳野貓，我居然沒意會到。」（He

called you a wildcat before, I didn't even pick up on it.）

*　　　　*　　　　*　　　　*　　　　*

「野貓」（Wildcats）即美國亞利桑那大學（University of Arizona）的吉祥物，該校的美式足球隊相當著名。

「吉祥物」（mascot）有點像學校的護身符，經過正式登記，圖案出現在校方的文件或相關物品上，彷彿專有標記。在校際運動比賽時常看到由人裝扮的吉祥物，在現場為運動員打氣。

哈佛大學的吉祥物是一尊身穿十七世紀服裝的英國清教徒人像，名叫約翰‧哈佛（John Harvard）；哈佛的鄰居麻省理工學院（MIT），吉祥物是海獺（beaver）；普林斯頓則是老虎（tiger）。

　　根據十九世紀大文豪狄更斯原著小說改編，原書主角是在律師事務所實習，本片則改為藝術家，孤兒芬，在生命旅程中遇見三個毫不相干的陌生人，卻改變了他的一生：一位是逃脫囚犯勞斯汀，一位是冰山美人伊斯黛拉，以及她有錢卻古怪的姑媽黛斯摩夫人，構成本片虛幻又迷離的氛圍。

＊導演：

　　艾方索・柯朗　Alfonso Cuaron

＊主演：

　　伊森・霍克　Ethan Hawke

　　葛妮絲・派楚　Gwyneth Paltrow

　　勞勃・狄尼洛　Robert De Niro

　　安・班克勞馥　Anne Bancroft

# 珊瑚礁島

關鍵字 key　　　　　　　　　DVD 1-9

　　這部根據狄更斯原著改編的電影，故事背景從英國搬到美國佛羅里達州，男主角的身分也由律師事務所見習變為新銳畫家。窮小子（伊森‧霍克飾）從小就愛上了穿綠衣的富家女（葛妮絲‧派楚飾），他們住在 Key，在 Key 附近的海面捕魚，女主角所住的華宅坐落於 Key 的邊緣，面向著海，一齣愛的故事始終迴繞著 Key 打轉。

　　像台灣、琉球這樣的「島嶼」在英文裡叫 "island"，可世界上還有其他的島另有別的稱呼：一如「湖」（lake），在蘇格蘭當地叫 "loch"；「海灣」（bay）在西雅圖一帶則稱 "sound"。

　　key 是美國佛羅里達州外海分佈眾多的低矮「珊瑚礁島」──「佛羅里達礁島群」（the Florida Keys），千萬不要把它當成「鑰匙」。

　　攤開地圖，這塊美國最南角的地方，離古巴僅隔著一道狹長的海灣，北有「上礁島」（High Key），南有「下礁島」（Low Key），西有「西礁島」（Key West），若是音譯成「海基」、「羅基」、「基韋斯特」，就忽略了它的地理位置所在，完全不知所云。

*The Thomas Crown Affair*

　　湯瑪斯・柯朗是個白手起家的億萬富翁，年輕時以打拳擊獎學金進入牛津大學，而今財富已不能滿足他。他從生活中找不到新鮮刺激，於是設計從大都會博物館偷走莫內名畫，而警方壓根兒沒想到是他。這回他卻遇上對手，女保險調查員凱薩琳・班寧對他起了疑心，兩人展開一場男女鬥智遊戲。

　　這是舊片新拍，當年的男主角史蒂夫・麥昆（Steve McQueen）已過世多年，女主角費・唐娜薇（Faye Dunaway）在新片中飾演企業家的心理醫生。

＊導演：
　　約翰・麥提南　John McTiernan
＊主演：
　　皮爾斯・布洛斯南　Pierce Brosnan
　　蕾妮・羅素　Rene Russo
　　費・唐娜薇　Faye Dunaway
　　丹尼斯・李瑞　Denis Leary

Go! Go! Listen!

# 角落辦公室

　　想想看，一座辦公樓裡能有幾個「角落」（corner）？

　　長方形或正方形的房子，有四個角落；八角形的房子，有八個角落；圓形，則只有環形邊緣，沒有角落。

　　在一般公司企業的辦公樓裡，每個角落有兩面「窗景」（view），這是全辦公室的最佳位置。若能夠天天坐在「角落辦公室」（corner office）上班，而不是跟其他同事擠在小隔間裡，表示這個人在公司裡位高權重，他是公司的老大，也是最高階主管。

　　當我們形容一個人在公司裡的頭銜很大，不提別的，只要說他是「坐在角落辦公室的人」（The person sitting in the corner office.），其地位立見分曉。《天羅地網》中，男主角是一位大企業家（皮爾斯‧布洛斯南飾），在寸土寸金的紐約，他擁有一間兩面窗景的辦公室，可俯看大半個紐約風光。他的身分地位，不言而喻。

# 浪費時間

關鍵字　a waste of time　　DVD 1-3

　　片中有一會議場景，企業家湯瑪斯·柯朗當著多位投資者面前，沉思片刻，便在出售資產的合約上簽下名字，這樁交易就告一段落。

　　對方很得意，當場對他說：「柯朗先生被迫出售資產，後悔了吧？」

　　他不假思索地回答：

後悔通常只是在**浪費時間**。
Regret is always **a waste of time**.

　　當真相大白，後悔的卻是這位投資者，因為他比別人多付出三千萬美金的價錢。

　　「浪費時間」（a waste of time）是非常實用的英文句子。

例句：

別那樣做！那是在**浪費時間**和金錢。
It's **a waste of time** and money.

浪費我的時間！

It's **a waste of my time**！

真是**浪費時間**，可是我沒有更好的辦法！

What **a waste of time**, but I had nothing better to do!

你最好別犯錯，那是在**浪費時間**。

You shouldn't make mistakes anyway. It's **a waste of time**.

# 值一億美金

DVD 1-5

**關鍵字** It's worth a hundred million bucks.

一群小學生進入紐約大都會博物館參觀，只顧著彼此聊天、嬉笑，對牆上掛的一幅幅偉大的藝術作品卻興趣缺缺，直到老師語出驚人：

這樣好了，我告訴你們，這幅畫**值一億美金**！
Okay. Try this. **It's worth a hundred million bucks.**

陡然間，孩子們個個睜大眼睛，興致全來了，靠近一瞧那幅莫內（Claude Monet）油畫〈印象·日出〉（Impression, Sunrise）。

＊　　　　＊　　　　＊　　　　＊　　　　＊

英語會話並不只是談天氣、寒暄客套而已，倘若沒有深入的話題可聊，就講不下去。比方說談畫，你知道這部電影裡出現的「印象派畫家」（impressionist）以及畫廊裡展示的幾幅名畫，這些英文怎麼說？

DVD：1-1，男主角盯上的目標是〈印象・日出〉，但在博物館管理員面前，他假裝喜歡另一幅莫內的畫〈麥草堆〉（Haystack）。

＊　　　　＊　　　　＊　　　　＊　　　　＊

DVD：1-20，湯瑪斯・柯朗帶凱薩琳（蕾妮・羅素飾）到大都會博物館印象派展覽廳，她穿無袖黑洋裝，假裝空調有點太冷，柯朗於是脫下西裝外套給她穿。

凱薩琳趁機從西裝口袋裡摸走他家的鑰匙，悄悄擱在另一位印象派畫家竇加（Degas，注意 "s" 不發音）〈小舞者〉（Little Dancer）雕像底座上，剛好躺在芭蕾舞鞋腳邊。

不久，警方人員就過來取走鑰匙，另外複製一份。

＊　　　　＊　　　　＊　　　　＊　　　　＊

DVD：1-32，湯瑪斯答應凱薩琳，將在第二天下午把偷走

的莫內名畫掛回博物館去。

　　這幅畫叫〈戴圓帽的男人〉（The Man in the Bowler Hat），是比利時畫家馬格利特（René Magritte，1898-1967）的作品，他以「超寫實主義」（Surrealism）著稱，以探討潛伏於人心深處的慾望與不安為主，呈現出荒誕不經與充滿幻想的夢境圖像。在電影中，湯瑪斯住宅裡可以看到〈戴圓帽的男人〉這張畫作。最後在大都會博物館十幾個男子裝扮成畫中人物模樣，穿西裝、戴圓帽、紅色領帶，穿梭在博物館的各樓層之間，讓監視的警察看得頭昏眼花。

# 熱衷於金融遊戲的人

大都會博物館遺失一幅印象派名畫，女保險調查員把嫌疑指向企業家柯朗。負責此案的警探認為這根本不可能，像柯朗這種人成天忙著作生意，哪有閒情逸致去欣賞畫，更別說是去偷。因此他下評語：

他是個**熱衷於金融遊戲的人**！
He is a **finance geek**！

對電腦過度狂熱的人　computer geek
熱衷於烹飪的人　cook geek
對打電腦遊戲過度狂熱的人　game geek

例句：

I am a **finance geek**, so occasionally a bit obsessive about numbers.
　　我是個**熱衷於金融遊戲的人**，偶爾會有點沉迷於數字。

# 插隊

關 鍵 字 cut in                    DVD 1-24

在公共場合，如銀行、郵局、百貨公司等人多的地方，為了維持秩序：

**請排隊！**
**Line up**, please!

請到那兒**排隊！**
Please **line up** over there!

後面剛來的人不了解狀況，看前方人群如潮水，弄不清楚究竟從何排起，便抓著「隊伍」（line）中其中一人問：

你在**排隊**嗎？
Are you **in line**?

電影《天羅地網》裡的一場黑白舞會，樂聲響起，男主角湯瑪斯・柯朗正與一漂亮美眉共舞。女主角凱薩琳・班寧剛入場，一看到他們就想把舞伴搶過來。

她碰一下女孩的肩說：

我要**插隊**。
I am **cutting in**.

# 麵包屑＆線索

關 鍵 字 crumb

　　多金企業家湯瑪斯·柯朗為了找刺激，經過精心策畫，從紐約大都會博物館偷走一幅莫內名畫，價值上億美金，整個過程他以為做得天衣無縫。

　　誰知棋逢敵手！

　　一晚，他出席一場由義大利名牌珠寶公司寶格麗（BVL-GARI，注意看樂隊前面寫的字號）舉辦的「黑白舞會」（black and white ball），顧名思義，每個出席的名媛淑女皆以黑色或白色的服裝出場。不料，瑞士保險公司派來的女調查員凱薩琳·班寧尾隨而至。她的身分其實是「賞金獵人」（bounty hunter）──若能逮到偷畫者，可從一億美元保金中抽取百分之五的佣金。

　　「我快要逮著你了！」兩人展開一場男女鬥智遊戲，凱薩琳挑釁道：

你以為我會採信你故意佈下的那些**線索**？
You think I'm just gonna peck at **crumbs** you lay out?

　　《格林童話集》中的〈巫婆的糖果屋〉（Hansel and Grethel），敘述一對小兄妹被壞心眼的後母拋棄在森林裡，聰明

的哥哥沿路丟下「麵包屑」（crumb）作記號，以便循原路回家。可是他料想不到，麵包屑一路竟被鳥吃掉了。

"crumb" 也可作「片段、零碎」解，在口語中常引喻為由一點一滴拼湊起來的「線索」（clue）。人做了壞事，就算再謹慎小心，過程中難免會留下一些蛛絲馬跡，最後還是會被逮到，所以說：「給我一些線索吧。」（Give me some crumb clue.）

麵包屑會被鳥吃掉，若要有跡可循，小兄妹倆應該學學村上春樹在《海邊的卡夫卡》下集第233頁，用黃色噴漆在樹上作記號。

＊　　　　＊　　　　＊　　　　＊　　　　＊

二〇〇二年十月，我從芝加哥轉機至蒙特婁，旁邊坐一位長得酷似影星喬治·克魯尼（George Clooney）的柏克萊畢業生，他告訴我他是個「同性戀者」（gay），正前往加拿大蒙特婁參加一場世界最大的「同志派對」（gay party）──「黑與藍舞會」（Black and Blue Ball），會上出席者大都穿一身皮衣。

從年頭到年底，這類 "gay party" 輪流舉行，而且都以顏色為代名：

元月，費城「藍舞會」（Blue Ball）。

三月，紐約「黑派對」（Black Party）。

四月，加州棕櫚泉「白派對」（White Party）。

五月，達拉斯「紫色派對」（Purple Party）。
十月，蒙特婁「黑與藍舞會」（Black and Blue Ball）。

# MOVIE 5 》》》》 金法尤物
## *Legally Blonde*

　　這部影片標榜「金髮無罪，聰明有理」。

　　艾兒是天生金髮美女，極有人緣。她一心期待男友華納向她求婚，得到的答案卻是分手。因為出身參議員世家的華納認為將來若想當參議員，應該娶名媛淑女，而非胸大無腦的金髮笨妞。

　　艾兒很快醒悟過來，她不哭不鬧也不上吊，充滿「正面思考」（positive thinking），跟隨男友申請就讀哈佛法學院，希望能藉此挽回男友的心。

　　受夠了「金髮」歧視，艾兒努力成為法學院優等生，最後終於成為金牌律師。

\* 導演：
　　羅伯・路凱提克　Robert Luketic
\* 主演：
　　瑞絲・薇斯朋　Reese Witherspoon
　　路克・威爾森　Luke Wilson
　　馬修・戴維斯　Matthew Davis
　　拉寇兒・薇芝　Raquel Welch

# 名媛淑女 vs. 金髮尤物

關鍵字 Jackie vs. Marilyn　　　DVD 1-3

華納（馬修‧戴維斯飾）出身於政治世家，三代都是參議員。他的女友艾兒（瑞絲‧薇斯朋飾）長得很漂亮，可是在他的心目中，女友是標準胸大無腦的「金髮笨妞」（dumb blonde）。如今他已申請到哈佛法學院入學許可，一想到未來前途，如果他想在三十歲以前就成為參議員的話，就不該再鬧著玩。一晚，他決定跟女友攤牌：

　　如果我想要成為參議員，我應該娶**名媛淑女**，而不是**金髮尤物**。

　　If I'm going to be a senator, I need to marry a **Jackie**, not a **Marilyn**.

　　「賈姬」（Jackie）是美國甘迺迪總統的夫人賈桂琳‧甘迺迪（Jacqueline Kennedy），一九六○年成為美國最年輕的「第一夫人」（First Lady），年方三十一。她出身世家，畢業於貴族女子學院維薩（Vassar College），又到巴黎索邦（Sorbonne）大學進修，會說一口漂亮的法語，風姿綽約，迷倒了美國人民。

　　相較之下，瑪莉蓮‧夢露（Marilyn Monroe）是著名的電

影明星，一頭金髮、魔鬼身材還有性感的雙唇，不知迷倒多少影迷。然而，許多男人雖渴望她，卻往往把她當成玩物。

# 第二名

關 鍵 字 first runner-up

艾兒跟家人說她想去唸法學院，以挽回男友的心。父親不以為然，認為「法學院只適合沉悶、醜陋和嚴肅的人修讀，而妳根本不是那樣的人。」（Law school is for people who are boring and ugly and serious. And you are none of those things.）

母親也感到詫異，日子過得好好的，幹嘛想不開：

You were **first runner-up** at the Miss Hawaiian Tropic's contest. Why are you gonna throw that all away?
妳是夏威夷熱帶小姐**第二名**，幹嘛要把那些都拋開？

一般選美比賽、運動比賽或其他各項技藝競賽，在經過一番熱烈的角逐後，評審選出幾名優勝者，最後的重頭戲就是舉行盛大隆重的頒獎典禮。

如果比賽入選者有五名，主持人會從最後一名者開始宣布：「第五名」（fourth runner-up），然後依序是「第四名」（third runner-up）、「第三名」（second runner-up）、「第二名」（first runner-up）。這種英語的說法，挺有趣的，除了第一名外，只要減一個數字就是該得的名次。

　　至於「第一名」，則有幾種不同的說法：**"first place"** 或 **"the winner"**。

# 度假

關鍵字 on vay-kay DVD 1-5

美國人常開玩笑說「金髮笨妞」，形容金髮女郎徒有一張漂亮的臉，腦袋裡卻空空的。

本片女主角就是個金髮女郎，她的男友申請到哈佛法學院，為了將來的前途跟她分手，讓她傷透了心。

不過，這女生雖然是金髮，可並不是笨蛋，四年大學成績 4.0（唸 four point 歐），也擔任過社團主席。不服輸的她收拾起眼淚，拼了命去考「法學院入學申請考試」（LSAT；LAW School Admissions Test），竟讓她過了關，最後也終於如願進入哈佛法學院。

DVD：1-12，她很有志氣地說：「我不怕挑戰。」（I'm not afraid of a challenge.）

當她興奮地告訴宿舍裡的女同學：「姊妹們，我要去哈佛。」（Girls, I'm going to Harvard.）

她和姊妹淘都是「主修時尚的學生」（fashion major），唸四年大學，愛漂亮勝於讀書，還找專人「修指甲」（manicure）呢！畢竟她們唸的是「加州州立大學洛杉磯分校」（California State University, Los Angeles，簡稱CULA），可不是排名頂尖的「加州大學洛杉磯分校」（University of California, Los Angeles，簡稱UCLA）。

　　同學們壓根兒無法想像，以她們的條件，有哪個同學能上名校，還以為她只是說要去哈佛玩一趟：

　　妳的意思是說去**度假**，我們一塊兒去！
　　You mean like **on vay-kay**. Let's all go!

　　"vay-kay" 是「假期」（vacation）的諧音，依音節把它拆成 "Vay Kay Shun" 而來的。「度假」的正式寫法是 "on vacation"。

# 長得很抱歉

關 鍵 字 completely unfortunate   DVD 1-11
looking

　　艾兒為了贏回男友華納的心，苦讀一陣，好不容易進入哈佛法學院。誰知華納早就跟哈佛女生薇薇安訂婚，而對方手上戴著六克拉訂婚鑽戒，好像是在向她炫耀。

　　這不打緊，華納居然勸她不要再唸下去，法學院不適合她，因為他壓根兒不認為艾兒是唸書的料：

妳**不夠聰明**！
You are **not smart enough**!

　　艾兒聽了，更加傷心，難道他們唸的不是同一所法學院嗎？直到此刻她才明白，原來她在華納心目中的地位不過如此：

我永遠配不上你，是不是？
I'm never going to be good enough for you, am I?

　　她跑到美容院找人訴苦，邊說邊傷心得哭花了臉，修指甲

美容師覺得心疼，也難以想像：「如果像妳這樣的女孩都抓不住男友，那我們這些女人鐵定沒什麼指望了。」（Well, if a girl like you can't hold on to her man, then there sure as hell isn't any hope for the rest of us.）她嘆口氣，接著問道：「她像妳一樣漂亮嗎？」（Is she as pretty as you?）艾兒吸吸鼻涕，停止哭泣，平心靜氣地說：

她**長得不是很抱歉**。
She's **not completely unfortunate looking**.

例句：
He is **smart enough**!
他**夠聰明**！

I'm **good enough** for you.
我**配得上**你。

她**長得很抱歉**。
She is **completely unfortunate looking**.

# 同居婚姻？

　　艾兒來到波士頓，偶遇一位善良的修指甲美容師，遭八年同居男友拋棄，人財兩失。她想到自己也是被男友甩了，將心比心，於是運用自己所學的專業，找到那個負心漢，以委託律師的身分鄭重陳述：兩人八年的共同生活已符合「同居婚姻」（Common Law Marriage）的條件，「由於你已保有這棟住宅，因此邦小姐有權利擁有那隻狗。」（Due to the fact that you've retained this residence, Miss Bonifante is entitled to full canine property ownership.）

　　在美國有些州及加拿大，某人與另一人經過合法程序向政府註冊結婚，獲頒結婚證書，視為「合法結婚的」（legally married）關係。而某人與另一人至少在為期兩年當中，未舉行任何儀式而自願結合的關係，則視為「同居婚姻」。

　　「合法結婚」的人若要再婚，必須取得離婚證書，始可再婚，而「同居婚姻」的人則省了此麻煩。同居婚姻的配偶在分手時，可享有分享對方財產的權利，孩子的權利亦同，如同合法婚姻。

　　"common law marriage" 的譯法可能眾說紛云。有些英美法學者認為「婚姻本身為一種社會制度，有其充分而必要之構成條件」，既然不是法律普遍承認者，宜譯成「同居關係」。可我

不同意，若只譯「同居關係」，完全看不出這個字的實際意義。

　　由於台灣目前沒有這條法規，筆者雖懂其意，但中文究竟該如何翻譯，目前尚無確切的譯法。本文刊出後獲兩位讀者的回應，茲轉載如下：

　　＊　　　　　＊　　　　　＊　　　　　＊　　　　　＊

92年6月12日中國時報＜浮世繪＞

習俗成法律　　　　　　　　　　　　　　　作者：徐少為

　　成寒專欄中解釋，電影《金法尤物》（Legally Blonde）裡出現的詞眼 "Common Law Marriage"，稱譯詞「同居婚姻？」可能會有爭議，因法學專家堅稱「婚姻本身為一種社會制度，有其充分而必要之構成條件」，既非法律普遍承認者，宜譯成「同居關係」。

　　其實，所謂 "Common Law" 即「習慣法」。許多「習俗」並無法律明文規範，但卻具有法律約束效力，俗稱「不成文法」。所有的「社會制度」皆源於習俗，經「立法程序」而成明文規範的制度。人類「婚姻」的「充分而必要之構成條件」在法律明文規範之前早已存在，故該詞譯為「習慣法婚姻」較為恰當。

　　許多西方國家的法律都承認這種「婚姻關係」。芬蘭現任總統哈洛寧女士的現任「長期同居人」阿臘葉維先生，即依據

「習慣法」被視為其「伴侶」（partner according to common law），在哈洛寧當選為總統後也一同遷入總統官邸。這在台灣簡直不可思議。

這種關係在台灣可能礙於禮教，故僅稱「同居關係」。事實上，同居關係已漸為社會大眾接受，我們也許應該調整思想模式了。

\*　　　\*　　　\*　　　\*　　　\*

92年6月19日中國時報＜浮世繪＞

到底什麼是 Common Law Marriage？　　　　　作者：施威全

近日關於 "Common Law Marriage" 的討論簡要而精采。但關於 "Common Law Marriage"，似乎仍有誤解之處。

"Common Law Marriage" 指的就是法律上的婚姻關係，而不是同居關係或伴侶關係。

在英國，凡在宗教場所或地方政府的證婚場所所締結的婚姻，就是 "Common Law Marriage"。一般情形下，比較適合的翻譯，稱之為婚姻或正式婚姻即可。成寒提及的電影對白，對照上下文來看，應可以逕翻成「婚姻」。

兩種情況，"Common Law Marriage" 需要特別被強調是「普通法婚姻」。一是在法律上，"Common Law Marriage" 有時特別指涉在教堂證婚的婚姻，以與地方政府公證婚禮做區別。

第二，英國男性穆斯林和第二、三和四位太太的婚姻，在婚姻登記時，這種婚姻就不被稱為 "Common Law Marriage"，而以宗教婚姻為名。

　　"Common Law" 不應被稱為習慣法，而應該譯為共通法或普通法。因為 "Common" 這個詞在英國法史上，指的不是習慣與風俗；"Common Law" 是「普遍適用於不列顛王國的法律」，"Common" 有共通之意。所以 "Common Law Marriage" 就是正式的婚姻。

　　談到電影《金法尤物》情節，同居關係的確有其法律上的地位，判例常將其當為一種「準」婚姻關係，異性同居人享有與配偶完全一樣的法律地位。例如，與英國籍居民同居四年或合理的時日，就有居留權、遺產繼承權，未必要結婚。但同性同居伴侶目前則未享有這些權益。歸根究柢，"Common Law" 尚不承認同性婚姻。

　　　　　*　　　　　*　　　　　*　　　　　*　　　　　*

　　我聽到另外一位教授的說法：不經過法律所認可的婚姻，可稱「自然婚姻」。

# 茱莉亞‧蘿伯茲的頭髮

(關鍵字) brunet, brunette　　　　　　DVD 1-22

　　波士頓億萬富翁在自家豪宅裡遭槍殺，嫌疑指向年輕貌美、相差三十四歲的妻子布魯克。為了採集相關證據，艾兒和男律師埃米特（路克‧威爾森飾）專程到溫泉度假區拜訪富翁前妻。事後，艾兒直覺她在說謊。

　　埃米特說，妳怎知她在說謊？艾兒回答：「你沒看到她那頭黏膩的棕髮嗎？」（Did you see the icky brown color of her hair?）

　　埃米特感到很驚訝，髮色與本人的誠不誠實何關？

妳歧視**棕髮女子**？
You discriminate against **brunettes**?

為什麼不可以？我因為**金髮**而飽受歧視呢！
Why shouldn't I? I'm discriminated against as a **blonde**.

　　論髮色，東方人天生多半是黑色（black），眼珠子也是黑色或「棕色」（brown），黃皮膚。

　　白種人的髮色則主要有紅色、金色。金髮的人通常有藍色的眼珠。愛爾蘭人則普遍是紅髮、淡綠色的眼珠。

　　好萊塢女明星，以《永不妥協》（*Erin Brockovich*）贏得奧斯卡金像獎女主角的茱莉亞‧羅伯茲（Julia Roberts），她的頭髮既非金色，也非紅色，而是「深褐色」（brunet），介於黑色和褐色之間，當然她的眼珠子也是深褐色的，所以大家稱呼她「褐髮美女」（The brunet beauty）。

不可能任務小組幹員伊森・韓特，這次他的新任務是必須解除一項禍在旦夕的國際危機。他招募女賊娜雅加入行列，加上老搭檔——黑人電腦天才路瑟，一路追到澳洲，對抗一名妄想以致命病毒威脅世界而從中獲利的恐怖分子。

片中歹徒的勒索手法不同以往，他不要鈔票，他要的是股票選擇權（stock option）。

＊導演：

　吳宇森　John Woo

＊主演：

　湯姆・克魯斯　Tom Cruise

　馮・雷恩　Ving Rhames

　譚蒂・紐頓　Thandie Newton

　道格瑞・史考特　Dougray Scott

　布蘭頓・葛利森　Brendan Gleeson

　理查・勞斯伯格　Richard Roxburgh

　約翰・波森　John Polson

# 竊聽器

關鍵字 bug

娜雅（譚蒂·紐頓飾）來到壞蛋家，打算當臥底。但對方也不是省油的燈，她尚未踏進門，壞蛋手下已使用高科技把她全身上下檢查一番。

沒有**竊聽器**，她是乾淨的（她沒問題）。
No **bugs**. She's clean.

\*      \*      \*      \*      \*

《MIB星際戰警 2》（*Men in Black 2*）DVD：1-1，一隻外星蟲鑽到紐約地鐵底下作祟，把車廂一節一節吃掉。為了大家的安全，在地鐵車廂裡，黑人戰警 J 趕緊警告乘客：「請大家往前面車廂移動，我們的電子系統出了問題。」（Please move to the forward car. We got a bug in the electrical systems.）

他這句話其實是雙關語，「蟲」（bug）另一解釋就是「電腦程式出錯」。

\*      \*      \*      \*      \*

　　「蟲」（bug）這個字泛指一般小蟲，可是這隻小蟲，在日常英文口語中，卻很不得人緣。

　　有些電腦程式上出了錯誤，搞得人雞飛狗跳，資訊界習慣稱那個「錯誤」叫bug。所以，軟體工程師在電腦程式上抓出錯誤，叫做「除蟲」或「抓蟲」（debug）。

　　《全民公敵》（*Enemy of the State*）劇情主要在討論政府是否有權侵犯人民的隱私權，尤其是以衛星監視一舉一動，以及在人民家中裝置「竊聽器」（bug）。

　　「我的電話遭人竊聽。」（My phone was bugged.）

　　有一次我搭老美同學的便車回家，一入巷子，我指揮他一下子往左，一下子往右，繞來繞去，居然繞錯了路。他突然不耐煩起來，向我抱怨道：「妳好煩哦！妳真的很煩耶！」（You are bugging me off.）

　　電影動畫《蟲蟲危機》的原文是「一隻蟲的一生」（*A Bug's Life*）。可是，蟲蟲雖小，如果不懂的話，那麼學英文就充滿了危機哦！

# 木馬屠城記

　　娜雅是個技藝高超的女賊，在世界各地犯下不少案子。由於她和壞蛋曾是男女朋友關係，IMF（Impossible Mission Force，不可能任務總部）招募她加入任務，想辦法取回超強致命病毒，避免更多人受害；同時將功抵過，把過去的案底一筆勾消。

　　娜雅突然出現，令壞蛋的同夥起了疑心，他懷疑娜雅另有意圖。但壞蛋喜歡這女人，至於她的動機為何，他完全不放在心上。

　　就算她是**間諜**，IMF派來當臥底，又怎樣？

　　Suppose she is some sort of **Trojan Horse** sent in by IMF to spy on us?

　　「木馬屠城記」（Trojan Horse）原文的意思就是「特洛伊的木馬」，典故來自古希臘時代，世上最美麗的女人是海倫（Helen），每個國家的王子都想娶她為妻，最後海倫嫁給斯巴達國王曼尼勞斯。

　　不久後，維納斯帶著巴利斯王子來到斯巴達王國。當曼尼勞斯前往克里特島辦事時，巴利斯王子就趁機誘拐海倫，將她

帶回特洛伊城（Troy）。

當曼尼勞斯回來後，發現海倫失蹤，便要求所有的希臘人幫助他奪回海倫。這場戰爭打了十九年，最後用計假裝退兵，留下一匹巨型木馬讓敵方帶進城內作戰利品。誰知木馬內藏著一批希臘勇士，趁夜溜出，打開城門，裡應外合攻陷特洛伊城，這就是著名的「木馬屠城記」。

＊　　　＊　　　＊　　　＊　　　＊

《天羅地網》DVD：1-10，片子一開始，一群東歐來的歹徒躲在一座「空心的雕像」（hollow statue）裡混進大都會博物館，打算伺機偷走莫內名畫。案發後，警探麥克（丹尼斯·萊瑞飾）來到現場，對整個案情覺得不可思議。黑人警探說是館方人員開門讓他們進來的。

麥克半開玩笑地問：「別跟我說是一隻馬。」（Next you're gonna tell me it was a horse.）黑人警探點點頭。麥克想到歷史彷彿重演，不禁啞然失笑：

A Trojan Horse.
木馬屠城記。

# 傷寒瑪莉

關 鍵 字 Typhoid Mary

DVD 1-16

娜雅遭到超強病毒的感染，暫時尚未發病，但再過二十個小時，她就會變成一個「超級感染源」（super spreader）。一旁的壞蛋幸災樂禍：

再過幾個小時的時間，妳就會成為歷史人物——澳洲的**傷寒瑪莉**。

In just a few hours time you can be assured of going down in history as the **Typhoid Mary** of Oz.

在這段時間內，探員伊森‧韓特（湯姆‧克魯斯飾）必須迅速採取行動，找到解藥救她，或是殺了她，以免更多人遭到感染。

「傷寒瑪莉」（Typhoid Mary）是二十世紀初的一個廚娘，名叫瑪莉‧馬隆（Mary Mallon），她本身雖然沒有得到傳染病，但因身上帶有傷寒菌，透過食物和水的感染，所有僱用過她的美國家庭都出現了多名傷寒病患。為了公共安全，政府強迫她餘生過著與世隔離的生活。

「奧茲」（Oz）一詞出自一九〇〇年出版的經典名著《綠野仙蹤》（*The Wonderful Wizard of Oz*），原指陌生奇幻的、不真

實的奧茲；當成度量衡單位則是「盎斯」（ounce）的縮寫。但因為本片的故事背景在澳洲（Australia），簡寫 "Aus"，唸起來音似 "Oz"，後來就成為「澳洲」的暱稱。

# MOVIE 7 》》》 末路狂花
## *Thelma & Louise*

　　兩個情同姊妹的女人，因為一場自衛的殺人事件，兩人被迫遠走天涯，一路被警方追逐，走向不歸路。

＊導演：

　　雷利・史考特　Ridley Scott

＊主演：

　　蘇珊・莎蘭登　Susan Sarandon

　　吉娜・戴維斯　Geena Davis

*Go! Go! Listen!*

# 西聯匯款公司

關鍵字 Western Union

入夜後，在酒吧外，露薏絲（蘇珊・莎蘭登飾）為救女友（吉娜・戴維斯飾）而殺人，兩人驅車逃往美墨邊境。途中盤纏用盡，她打電話向男友求救：「你可不可以匯給我六千七百美元？我以後會還你的。」

Wire it to the **Western Union** in Oklahoma City.
把錢匯到奧克拉荷馬市的**西聯匯款公司**。

這是一家創立於一八五一年的現金快遞公司，在美國各地設有分公司。如果你人在外地，急需用錢，而在該地無法立刻弄到手時，可請親友到附近任何一家銀行辦理匯款，Western Union 就會馬上派人送現金到你手上，或者，你也可以自己到指定的當地 Western Union 分公司取款。

在信用卡、金融卡盛行的今天，Western Union 依然營業。看美國電影，背景在一九八〇年代以前的，如《慾望街車》，劇情常會插入一段 "Wire the money via Western Union."，西聯匯款公司儼然成為美國生活的一個重要片段。

曾經有位大陸讀者要向我買書，他提議將透過西聯匯款公司匯美金到台灣給我，可見這家公司已在兩岸設有分公司。

翻譯中文時，常有人把這個字誤以為是什麼西方聯盟，如「工會」（Labor Union）或「歐盟」（European Union）。

"Western Union" 也可譯「西聯匯款電報公司」或「西聯國際匯款公司」。因為從前通訊不方便，"Western Union" 能夠以最快速度把電報送到家。現在有 e-mail，一個指令就送到家。

電影《回到未來》（*Back to the future*）有一幕是 "Western Union" 快遞郵件。

\*　　　　\*　　　　\*　　　　\*　　　　\*

《搶救雷恩大兵》的幕後製作花絮，有一段紀錄片：

看著**西聯匯款電報公司**的小伙子騎著腳踏車上門來，讓人心生懼怕。在戰爭期間收到三份電報，在同一天內收到的滋味，可想而知。

The sight of that **Western Union** kid riding a bicycle up to a house can struck terror into your heart. Imagine what it must have been like to get three telegrams in the course of the war. Imagine getting three in the same day.

\*由於英文字幕與電影聲音有所出入（我聽到的聲音是 riding a bicycle，但字幕代換成 cycling，不過原意都是相同的），中文字幕誤譯如下：看著「西方盟軍」中的小伙子輪流上戰場……

　　李警探和卡特警探到香港度假，這回李警探打算把東方之珠最美的地方介紹給卡特。可是就在這時發生美國大使館的爆炸事件，造成兩名警探的死傷，他們正在調查一樁偽鈔走私案。

　　這對警探搭檔展開調查背後的陰謀，牽扯出三合會的非法活動，從香港一路追到洛杉磯，最後他們在賭城拉斯維加斯使出渾身解數，逮捕到世界上最危險的黑道老大。

　　成龍和克里斯‧塔克兩人的銀幕效應及笑果十足，有強烈的娛樂效果。

＊導演：
　　布萊特‧瑞納　Brett Ratner
＊主演：
　　成龍　Jackie Chan
　　克里斯‧塔克　Chris Tucker
　　章子怡

# 機上特餐

關 鍵 字 special in-flight meals　　DVD 1-3

你吃過飛機上的特餐嗎？

在飛機上，所有的乘客依其所坐艙位等級，供應統一的套餐。如在經濟艙，空中小姐會讓你選擇：「你要牛肉或雞肉？」（beef or chicken?）

但是，當你厭倦了飛機上的套餐時，可以在訂票時指定「機上特餐」（special in-flight meals）。

黑人警探（克里斯·塔克飾）很機靈，一到機場，還沒上飛機就對中國警探成龍說：「快點，我們還有時間訂猶太餐。」（Come on, we still got time to order the Kosher meal.）

他還很得意地強調：「一定要點猶太餐，因為最先端出來的就是猶太餐」（Always get the Kosher meal, they bring it first.）

因為猶太食物特別講究潔淨，用個人密封餐盒包裝，不能與其他食物混在一起，所以一上飛機坐妥，空姐最先端出來的就是猶太餐。我以前曾與猶太女生同住學校宿舍，對方在食物方面極端潔癖，如果我用過洗碗槽，她就不能用，免得玷污她的食物。

在機上，兩歲以下乘客可點「嬰兒餐」（baby meal）；兩歲以上至十二歲可點「兒童餐」（child meal）。其他還有「西式

素食」（western vegetarian）、「中式素食」（oriental or Chinese vegetarian）、「印度餐」（Hindu meal）、「回教餐」（Muslim meal）、「低熱量餐」（low-calorie Meal）或「低膽固醇餐」（low-cholesterol meal）、低鹽或無鹽餐、適合老年人吃的「軟質餐」（Soft-foods Meal）、「糖尿病餐」（diabetic diet）等等。

　　印度餐不吃牛肉，回教餐不吃豬肉，兩者可不能弄錯。

　　當然，上了飛機可別亂換座位，否則「空服人員」（flight attendant）就不知往那兒送你的特別餐了！

　　本片是根據約翰·貝禮原著《輓歌——寫給我的妻子艾瑞絲》改編。艾瑞絲·梅鐸是出生愛爾蘭的英國知名哲學家及小說家，出版二十餘本小說，爲當代最偉大的作家之一。全片描述兩人相識經過，以及結爲夫妻之後的婚姻生活。漸漸地，艾瑞絲出現阿茲海默症狀，原本最重要的文字與時間，對她已經完全失去意義。

　　身爲丈夫的約翰·貝禮照顧她，兩人一起走完艾瑞絲人生最後的一段旅程。

　　英國兩大演技派女星——凱特·溫斯蕾與茱蒂·丹契分別飾演年輕以及年老的艾瑞絲。

＊導演：
　　李察·艾爾　Richard Eyre
＊主演：
　　茱蒂·丹契　Judi Dench
　　凱特·溫斯蕾　Kate Winslet
　　吉姆·布洛班特　Jim Broadbent

# 打破堅冰

關鍵字 to break the ice ── DVD 1-3

　　在晚會中，年輕的艾瑞絲（凱特・溫絲蕾飾）穿一身火紅跳「恰恰」（cha cha），舞畢盡興而歸。

　　回到寢室裡，她忽然問約翰・貝禮（吉姆・布洛班特飾）以前跳過舞嗎？約翰有點忸怩不安，問她覺得他跳得還好嗎？艾瑞絲說不錯啊！

**它打破堅冰。**
It **broke the ice**.

　　這個成語是指冬天河上常結了很厚的一層冰，使船隻無法行駛，所以船上的水手用手斧破冰，給船開出一條路來。它的意思是邁出第一步，或初次做某件事，若不打破堅冰，就會一事無成。

　　打個比方，有時聽到推銷員說，他尚未打破堅冰，意思是他連一件貨品都還沒有賣出去。

　　若延伸至人與人之間的關係，如果你和某人之間的堅冰尚未打破，就表示這段友誼尚未鋪展開來，你對他來說仍是陌生人。你必須像水手破除河裡的冰障一樣，消除彼此之間的隔閡，想辦法接近他。

我還沒和她**展開友誼**。

I haven't **broken the ice** with her.

凡事總要有個開頭，然後才能繼續下去。當年中美互不往來，直到一九七二年，季辛吉和尼克森總統訪問中國，從此中美關係有了不一樣的局面。

尼克森總統和季辛吉完成**破冰之舉**，在一九七二年訪問中國。

President Nixon and Henry Kissinger **broke the ice** and visited China in 1972.

\*　　　\*　　　\*　　　\*　　　\*

看電影，常令我感動的是跳舞的畫面。有時候，一舞勝過千言萬語。

《長路將盡》DVD：1-9，月光下，一波又一波海浪湧上沙灘。得了老人癡呆症，漸漸失去記憶的艾瑞絲，與罹患癌症末期的女友隨香頌樂聲緩緩起舞，忘了周遭的一切。她們心裡都明白，美好時光將不再，唯一能把握的，也許只有此刻，在樂聲中，在舞影裡⋯⋯

\*　　　\*　　　\*　　　\*　　　\*

《電子情書》DVD：1-9，喬看到轉角書店的牆上貼著一張黑白老照片，一問之下，原來是凱薩琳和媽媽合影，當她還是個小女孩的時候。

喬很好奇，問照片裡的情景。瞬間，時光彷彿倒流，凱薩琳記起當年母親在世時，常帶著她跳舞、旋轉，裙裾飛揚的美好時光：

**旋轉**，我媽媽和我經常**轉圈圈**。

**Twirling**. My mother and I used to **twirl**.

# 文思枯竭

關鍵字 writer's block

DVD 1-5

作家，顧名思義就是「寫的人」（writer）。

有一天當作家想寫，心中有萬般感覺想要用筆（或電腦鍵盤）表達，可是筆下卻像水管被「堵住」（block），流不出半滴水來。

這是電影《長路將盡》的情節，描繪出生愛爾蘭的英國女作家兼哲學家艾瑞絲‧梅鐸（Iris Murdoch，1919-1999，茱蒂‧丹契飾）晚年蹇塞困頓的窘境。年輕時代的她，用青春實驗生命，真實人生如同作品一樣精采，然而歲月卻給她更大的考驗。

她漸漸忘東忘西，忘了名字，寫不出一個字來。原以為只是暫時的「文思枯竭」（writer's block），沒想到竟是罹患「阿茲海默症」（Alzheimer's disease，一種早老性癡呆症）。

她形容自己，若不能寫的話，就像隻餓扁的狗。可是病魔始終不肯放手，她也無力抵抗，只能輕聲低吟：「我彷彿漸漸航向黑暗。」（As if I'm sailing to the darkness.）

「人間好物不堅牢，彩雲易散琉璃碎。」在病魔的摧殘下，才女竟成癡呆，怎不令人為之鼻酸！

　　本片敘述五十年代洛杉磯警界貪污腐敗，毒梟幫派火拼，一件集體謀殺案的偵辦過程與八卦雜誌的陰謀情節。好警察的「正義」（justice）最後得以伸張，壞警察也終於得到報應。飾演妓女的金‧貝辛格因本片榮獲奧斯卡女配角獎，而未來的影帝《神鬼戰士》羅素‧克洛、《美國心‧玫瑰情》凱文‧史貝西，兩人在片中的角色也只能算是配角而已。

＊導演：

　　寇帝斯‧韓森　Curtis Hanson

＊主演：

　　蓋‧皮爾斯　Guy Pearce

　　凱文‧史貝西　Kevin Spacey

　　羅素‧克洛　Russell Crowe

　　金‧貝辛格　Kim Basinger

# 男廁

關鍵字 john

**DVD 1-24**

午夜時分，夜貓子咖啡館發生一樁駭人的兇殺案，死了一票人，血流遍地。其中一名受害者，是已遭「洛杉磯警局」（LAPD：Los Angeles Police Department）開除的警探。

他們把他硬拖到**男廁**裡時，他可能已經失去了知覺。

He's probably unconscious when they dragged him in the **john**.

男廁叫「約翰」（john），女廁叫「珍」（jane）——男女名字的小寫。

美國人找廁所時習慣說："Where's the bathroom?" 儘管這個「浴室」（bathroom）裡不一定有「浴缸」（bathtub）設備。還有的把廁所叫「休息室」："I'm going to the restroom."。或男女有別，各叫各的：「男士的房間」（men's room）、「女士的房間」（ladies' room）。

華語叫「廁所」（che suo），台語叫「便所」（ben so）。台灣早年慣用的「W.C.」字眼，在歐洲各國隨處可見，就是「有水的櫥櫃」（water closet）的縮寫。在菲律賓，他們稱呼廁所是「舒適的房間」（comfort room），這也難怪，有什麼比得上

小解一下，更令人舒暢的呢？

在英國，有人喊 "lavatory"，飛機上的廁所也是這種叫法，聽起來好像是「實驗室」（laboratory）。我在倫敦市區住的飯店，女廁內有大穿衣鏡、法式花邊小桌小椅，讓女士們坐下來補妝，香氣陣陣襲來，是名副其實的「補妝室」（powder room）。

在歐洲，最常聽見的說法是 "toilet"，與浴室分開。有一回，我在倫敦碰上幾個美國歐巴桑，其中一個說：「我不明白，為什麼他們的廁所拼字都少掉一個「i」。原來，她指的是窗戶上貼的標示：「房屋出租」（to let）。

＊      ＊      ＊      ＊      ＊

《不可能的任務 2》DVD：1-7，壞蛋尾隨娜雅走出「賽馬場」（horse track），在門口遭假扮的服務生故意甩門絆倒，擋住去路。半晌，壞蛋當場發飆，出手打人，並嚴厲警告他。好不容易息怒，壞蛋卻開口問：

**廁所**在哪兒？
Where is the **loo**?

　　由一九六三年著名電視影集《法網恢恢》改編電影，金波醫生返家，剛好撞見獨臂人殺了他的妻子。然而調查的結果，最大的嫌疑卻指向他，法官因而判他死刑。

　　在押往囚牢途中，金波逃脫，引起隨後趕到的聯邦司法官誓言非捉拿他到手不可。金波自行四處查訪，最後總算找到獨臂人，以及幕後操縱這一切的原兇，還他清白。

＊導演：
　　安德魯・戴維斯　Andrew Davis
＊主演：
　　哈里遜・福特　Harrison Ford
　　湯米・李・瓊斯　Tommy Lee Jones

# 為何「救護車」的英文左右顛倒寫？

關 鍵 字 ƎƆИА⅃UꓭMA

DVD 1-12

金波醫生（哈里遜・福特飾）從醫院急診室門口偷開走一部救護車，一路往第53號州公路的方向開去。當時前方平交道的柵欄已快放下，火車即將通過。他趕緊響起警笛，加快油門，一口氣衝過平交道。這時你注意看，可驚鴻一瞥救護車前面的藍色字樣 "AMBULANCE"，竟然是左右顛倒寫。

DVD：1-13，當救護車停在隧道口時，你可以清楚看到那個左右顛倒的字樣。

為什麼「救護車」（ambulance）的字樣要左右顛倒寫？

不妨作個實驗，把寫得大大的英文單字放在鏡子前觀察，你會發現，鏡子裡反映的單字影像必須從右邊唸過來，而且要運用想像力，把字左右翻轉過來，才能看清楚到底是何字。

在美國的道路上，一聽到救護車警笛響，所有的車輛必須立刻減緩速度，像退潮一樣往路的兩邊開去，以讓出中間的車道給救護車快速通過。

為什麼要左右顛倒寫？

這是為了一般駕駛人的視覺考慮。因為前方的車子由「後照鏡」（rearview mirror）看後面的車子時，字會成左右相反，而正常寫的字反而會讓人看錯。因此規定救護車前的字左右顛

倒寫，當你從汽車的後視鏡裡看去，就會看到正常而清楚的 "AMBULANCE" 字樣。

# 小飛俠

關鍵字　Peter Pan　　　　　　　　　　DVD 1-12

　　殺妻嫌犯金波醫生逃脫，被聯邦司法官（湯米·李·瓊斯飾）一路追至水壩前，無處可去。看著眼前奔瀉而下的滔滔水流，金波沒有辦法，只好縱身一跳，躍下萬丈深淵。

　　聯邦司法官眼睜睜看著他跳下去，驚得說不出話。隨後趕到的手下問：「怎麼回事？他人呢？」他無奈地回答：

　　他像**小飛俠**一樣飛下水壩！就這兒下去，咻地一聲下去了！

　　He did a **Peter Pan** right off this dam! Right here! Down! Boom!

　　《小飛俠》是英國作家貝里（James Barrie）著名的經典童書，描述一個永遠長不大的男孩，成天飛來飛去。所謂有「彼得潘症候群」（Peter Pan Syndrome）的男人，希望永久青春不老，心理上有拒絕長大的傾向。

　　　　＊　　　　＊　　　　＊　　　　＊　　　　＊

　　《天羅地網》DVD：1-30，企業家柯朗向心理醫生（費·唐

娜薇飾）吐露心事、他的煩惱及顧慮，心理醫生顯然非常了解他，一針見血地說：

哦，老天，**小飛俠**想長大，結果發現無處可去。

Oh, dear, **Peter Pan** decides to grow up and finds there's no place to land.

# 高架鐵道

　　妻子慘遭殺害，外科醫生金波成為最大嫌疑犯，經法院判處死刑，不料在押往監獄途中發生車禍，金波趁機逃離現場。他回到芝加哥展開追查真兇的行動，聯邦司法官為了逮捕他歸案，特別竊聽金波與律師的電話。

　　金波有所防備，向律師謊稱自己人在聖路易，但聯邦司法官聽到電話中有火車行駛而過的聲音：

　　聽起來像是**高架鐵道**的聲音，而聖路易並沒有高架鐵道。
　　That train sounds like an **EI**. St. Louis doesn't have **EI**.

　　芝加哥沒有「地下鐵」（subway），捷運系統全在地面上，而且是高架式，車輪沿著軌道行駛，稱為「高架鐵道」（elevated train），當地人簡稱 "EI"。從高空往下望，"EI" 像一條蛇蜿蜒穿梭於芝加哥市區。

　　西雅圖的捷運系統雖然也是高架，但軌道卻在車頂上，把車廂高高吊在半空中，而且是「單軌鐵道」（monorail），行駛的時候，好像一節節纜車在頭頂上空滑過來滑過去。

# 愛穿衣打扮的人

關鍵字 clothhorse

金波醫生的妻子遭歹徒殺害，法院卻判金波死罪。為了證明自己的確是「無辜的」（innocent），金波自個兒四處調查，搜尋醫院檔案，最後來到嫌犯「獨臂人」（one-armed man）住的地方。他故意留下「線索」（clue），引來大批警方循線趕到，入屋內搜查，翻遍各個角落、抽屜及櫥櫃，搜尋犯案的相關「證據」（evidence）。

一名女警看到各種款式的衣服掛滿了整個櫃子，她形容這個人：

四十五歲，卸任警察，而且是個**愛穿衣打扮的傢伙**。
45, ex-cop, and quite a **clothhorse**.

例句：

他買了好多衣服，事實上，他是一個滿**愛穿衣打扮的人**。
He bought many clothes. He is actually quite a **clothhorse**.

# MOVIE 12 》》》》天人交戰
## *Traffic*

　　本片探討美國日益嚴重的販毒問題。

　　反毒最高指揮官面對其品學兼優的女兒因吸毒而淪爲妓女的殘酷事實；豪門貴婦一夕之間從上流社會的名人，淪爲連信用卡都被取消的命運，只因丈夫被指控爲大毒梟；而鎮日緝毒、追捕嫌犯的墨西哥警察，卻發現自己竟在無意中成爲大毒梟的工具。

　　英文片名"traffic" 即指「運毒」（drug traffic）。三段獨立的情節，因爲毒品而互相連貫糾纏。

　　本片榮獲奧斯卡最佳導演獎、最佳改編劇本獎、最佳男配角獎。

＊導演：
　　史蒂芬・索德柏　Steven Soderbergh
＊主演：
　　麥克・道格拉斯　Michael Douglas
　　凱薩琳・麗塔-瓊斯
　　Catherine Zeta-Jones
　　丹尼斯・奎德　Dennis Quaid
　　班尼西歐・岱・托羅
　　Benicio Del Toro

# Go! Go! Listen!

# 自助倉庫

　　片子一開始，兩名毒品管制局（DEA, Drug Enforcement Administration）的幹員冒充毒販，入內與毒梟交涉生意。不久，一輛滿載毒品的白色廂形車開進來，在一道又一道橘色鐵捲門前停下，把其中的一道門往上推，然後開進去停車。

　　這時候，包圍在四周監視已久的幹員及警察一擁而上，當場逮捕到嫌犯。

　　這是個什麼樣的地方？為什麼會有一道又一道鐵捲門，打開後是個像「車庫」（garage）的空房間？這就是在美國非常流行的「自助倉庫」（self-storage）。

　　自助倉庫以月租或年租的方式，租一個小房間，可以停車也可以置放雜物，也可隨時取出，宛如自家的倉庫般方便，適合經常搬家的人。當年我唸書，放假時到歐洲或回台灣幾個月，就先把房子退了，節省房租，可是也不想把家當寄放在朋友家（不想麻煩別人），於是去租了一間自助倉庫，把所有的東西都放進去，非常安心。

# 國內 vs. 國際

關 鍵 字 national vs. international

　　當法官（麥克‧道格拉斯飾）坐上計程車，打算趕往機場，飛回俄亥俄州的家。他向司機交待：“National Airport.” 中文字幕譯為「華盛頓國際機場」。

　　這個譯法是錯誤的。你可以從三點理由看出：

　　第一，國際機場（international airport），如桃園中正國際機場；國內機場（national airport），如台南機場。

　　第二，即使弄不太懂，也可由一般生活常識判斷：華盛頓特區是一國之首都，一定會有許多個機場，既然法官是要回另一州自己的家，那一定是從國內機場起飛。

　　第三，全國性的　nationwide
　　　　　　世界性的　worldwide

　　為什麼台灣有許多人把 “national” 譯成「國際的」？我的朋友告訴我：「都是『國際牌』電器惹的禍！」

＊以上對白是我在電視上看到的，但後來我租DVD時，卻發現這幕影像及對白全不見了。我猜想，DVD 可能有剪片？

# 匿名、又名與假名

**關鍵字** anonymous, a.k.a., pseudonym

DVD 1-1

法庭上正在起訴一名毒梟，法官對被告律師說，農場裡只要種大麻就是犯法，不管是種一盆或一畝，依法規定，這個農場就要被查封拍賣，他並且用強烈的語氣說：

我告訴你，我們的政府已裁定可使用**匿名**線報。

You aren't going to convince me that this country has not sanctioned the use of **anonymous** informants.

＊　　　　＊　　　　＊　　　　＊　　　　＊

如果你有英文名字，比方說叫「瑪莉」（Mary），而且想把它正式化的話，可以書面申請在護照的「姓名」（NAME）下方，另打上一行字「又名瑪莉」："ALSO KNOWN AS MARY"。從此以後，你可以在英文文件上以這個正式的英文姓名取代中文姓名。

「又名」的英文簡寫是 A.K.A. 或 a.k.a.，例如「影片又叫做電影」（film a.k.a. movie）。

　　「又名」可以大聲宣布，人盡皆知。反過來說，取「假名」或「筆名」（pseudonym）的用意，則是越少人知道越好。

　　有些作家出書或發表文章時慣用「筆名」，《湯姆歷險記》作者馬克‧吐溫是筆名，他著作等身：「這些書都是用他的筆名出版的。」（These books were published under his pseudonym.）

# 未成年者

關鍵字 a minor

DVD 1-4

　　法官有個唸高二的女兒，因嗑藥被移送法辦。值勤檢察官告訴他不必擔心：

　　她尚**未成年**，十八歲大概就可以註銷紀錄。

　　She's **a minor**; it probably would've expunged on her 18th birthday anyway.

　　犯罪最怕留下案底，終生都洗刷不清，只要有人去查，過去不可告人的歷史又重新掀開，令人悔不當初。

　　在美國，成年的法定年齡是滿二十一歲，台灣則是二十歲。未成年者沒有資格「投票」（vote），不可以進酒吧，因為「未成年者買酒是違法的。」（It is illegal for a minor 'under 21' to purchase alcohol.）

　　在美國的台灣留學生看起來比實際年齡年輕，每次進酒吧總會有人問：「你有沒有滿二十一歲？」（Are you over 21?）直到出示身分證明（I.D.），才允許入內。

# 行人亂過馬路

**關鍵字** jaywalking

DVD 1-4

　　富商卡爾遭警方拘提，罪名是販毒，事先毫不知情的太太（凱薩琳・麗塔-瓊斯飾）質問負責處理卡爾業務的律師（丹尼斯・奎德飾），這到底是怎麼一回事？

　　「我有權利知道，我丈夫是不是一個合法的商人？」（I have a right to know if my husband is a legitimate businessman.）

　　「他當然是，我認識卡爾二十年了，他連走路都不會隨便亂過馬路呢！」（Of course he is. I've known him for twenty years and he doesn't even jaywalk.）

　　行人在不該過馬路的地方穿越馬路或闖紅燈，這種人就叫做「亂過馬路的行人」（jaywalker）。在美國，亂過馬路情況嚴重者要坐牢，萬一被車撞倒，車主也不必負責任。

　　我在美國唸書時，開車從沒被開過罰單。有一天，紅燈亮了，我看到路上沒有來車，於是大搖大擺走過馬路，當場被交警開了一張二十五塊美金的罰單。

　　DVD中文字幕翻譯為「沒看過他闖紅燈」，觀眾可能會誤以為是開車闖紅燈，模糊了原意。

　　＊　　　　＊　　　　＊　　　　＊　　　　＊

　　這個字在報上刊出不久，有不少讀者來信反應，回覆如下：

　　網路法學辭典：http://dictionary.law.com

　　jaywalking：（n.） walking across a street outside of marked cross-walks, and not at a corner, and/or against a signal light. If there is vehicle traffic or clear markings of a place to cross, this is a traffic misdemeanor subject to fine, and may be (but not conclusively) contributory negligence in the event of injury to the jaywalker by a vehicle.

　　一個退休多年的頂尖偷車賊，綽號叫「曼菲斯」，過去他最快的偷車紀錄是六十秒一部車。

　　幾年後，曼菲斯接獲昔日好友的通報，原來弟弟吉普惹上麻煩，為了解救他，曼菲斯迫不得已重出江湖，他必須在四天內偷到五十部名車完成交易，才得以脫身。

　　曼菲斯於是召集過去的夥伴，準備大幹一票。這時候，黑人警探也早已盯上他。時間滴答滴答過去，曼菲斯如何在剩下的二十四小時內，偷到五十部名車？

＊導演：
　　多明尼克・賽納　Dominc Sena
＊主演：
　　尼可拉斯・凱吉　Nicolas Cage
　　安吉莉娜・裘莉　Angelina Jolie
　　喬梵尼・瑞比西　Giovanni Ribisi

# 低底盤車

**關鍵字** low rider

　　退隱江湖多年的偷車賊曼菲斯（尼可拉斯·凱吉飾）為了營救自己的弟弟，不得不重出江湖。他招募一幫賊黨，經過縝密計畫，打算在二十四小時內偷到五十部名車。

　　在任務出發前，曼菲斯叫他們放一首歌，眾人閉上眼，瞑想幾分鐘。歌詞如下：「我的朋友們都知道低底盤車，呀，低底盤車有點兒高……」（All my friends know the low rider. Yeah, the low rider is a little higher."）彷彿存夠了力量，然後他們就出發。

　　「低底盤車」（low rider）是一種改裝過的車，可以上下前後左右震動搖擺，它的車輪比正常小，坐進去時覺得車底盤馬上就要落地，這是搞怪車族群之間流行的玩車法。

　　「low rider」因為底盤低，又叫「矮腳車」。又因車輪較小，造成車身比普通車子低，有人叫它「低駕」，符合它的英文意義。

　　我也看過另一種裝配特大車輪的卡車，車身特別高，叫做「怪物卡車」（monster truck）。

　　＊　　　　＊　　　　＊　　　　＊　　　　＊

　　說到車子，以美西為背景的電視或電影節目，常聽到
"Vette" 這個字眼，這既不是「獸醫」（veterinarian 的簡寫
"vet"），也不是另一種車「雪佛蘭」（Chevolette），可有人真的
這樣譯。但畫面上出現的卻是車身很低，外形像一隻趴在地上
的狗，這是美國雪佛蘭汽車公司生產的一種敞篷跑車
"Corvette"，開起來很拉風，價格卻約只有「保時捷」（Porsche）
或「積架」（Jaguar）的一半。

# MOVIE 14 》》》》 慾望城市
## *Sex and the City*

　　每當早已消失的雙子塔——世界貿易中心出現在螢幕，布魯克林大橋，紐約之城的象徵，慾望正在升起。

　　這部熱門影集描述四個未婚女子追尋愛情或性愛的過程，無論低潮、心痛或挫折，她們對愛情和人生仍抱著希望。最可貴的是，四個女子之間的情誼，互相安慰，惺惺相惜，而且她們絕不會碰彼此的男友……

※導演：

　　麥克・派翠克・金
　　Michael Patrick King

※主演：

　　莎拉・潔西卡・派克
　　Sarah Jessica Parker
　　金・凱特蘿　Kim Cattrall
　　克莉絲汀・戴維斯　Kristin Davis
　　辛西亞・尼克森　Cynthia Nixon

# 透天厝

關 鍵 字　townhouse

DVD：第一季第1集〈慾望城市〉（Sex and the City）

　　英國女記者伊莉莎白來到紐約，她人美又聰明。不久她釣上城裡多金單身銀行家提姆，兩人一塊兒享用晚餐，共度浪漫的約會。

　　一個溫暖的春日，他帶她去看《紐約時報》周日版刊登的一棟**透天厝**。

One warm spring day, he took her to a **townhouse** he saw in Sunday New York Times.

*　　　　*　　　　*　　　　*　　　　*

　　DVD：第二季第15集〈缺點〉（Shortcomings），凱莉在作家俱樂部餐會上認識新男友──年輕作家芳恩。有一天，男友帶她回父母家，那房子就在路旁，凱莉一看就很喜歡：

很不錯的**透天厝**。
Nice **townhouse**.

在美國，一般住宅通常分為下列形式：

「獨立住宅」（house）：僅一戶人家居住，擁有前後左右的庭院。「雙併住宅」（duplex house）：兩棟房子合併，分兩戶人家居住。住宅的房屋及土地產權皆屬屋主所有。

「透天厝」（townhouse）：連棟屋，通常有兩三層或四層樓，從上到下屬同一住戶。因與隔壁棟相連，所以僅擁有房屋前後的庭院。如同獨立住宅，房屋及土地產權皆屬屋主所有。

"condominium"（簡稱：condo）：僅擁有房屋權及房屋所佔土地的權利。至於前後左右的庭院則屬共同使用，由社區委員會負責管理。住戶有權使用各種公共設施如游泳池、健身房、網球場和聚會廳，每月只要支付管理費，卻不必自己維護環境。

"cooperative"（co-op）：近似 "condo"，有住在房屋裡的權利，但沒有房屋及土地的所有權，不能買賣。住戶共同使用公共設施如游泳池、健身房、網球場和聚會廳，只要每月支付管理費，卻不必自己維護環境。台北市信義區有一棟超級豪宅公寓，每坪叫價台幣五十萬，住戶只擁有居住權五十年，沒有財產所有權，這大概就是超級 co-op。

「公寓」（apartment）：位於多層樓裡，有一房（one-bedroom）、兩房（two-bedroom）、三房（three-bedroom）……之分。屋主擁有所有權，除了一樓住戶外，沒有私人庭院。

「套房」（studio）：在公寓大樓裡的一個小房間，既是客廳也是臥室，有廚具及衛浴設備。

# 忙得不可開交

DVD：第一季第1集〈慾望城市〉（Sex and the City）

　　提姆邀請伊莉莎白與他雙親共餐，可是兩個星期過去，他音訊全無，伊莉莎白忍不住打電話過去問他：「提姆，你未免讓我等太久了吧！」（Tim. That's an awfully long rain check.）

　　"rain check" 是「雨天憑證」。球賽賣了門票，因下雨而取消，所以另發一張雨天憑證，等下回比賽時可憑證入場，不必再購票。

　　如果有人想約你，你暫時不想去，可以客氣回答對方：

**下回吧**！
I'll take a **rain check**.

　　伊莉莎白在電話中口氣越來越不好，為了打發她，提姆開始找託辭。

他**忙得不可開交**。
He was **up to his ears**.

　　"Up to one's ears" 意思是太忙了，要做的事情從腳疊到耳

朵這麼高。另外 "up to one's eyes", "up to one's neck" 或 "up to one's eyeballs" 也是同樣的意思，太忙了，要做的事情從腳疊到眼睛、脖子或眼球這麼高。

＊DVD中文字幕把 "He was up to his ears." 誤譯成「他是插播」，意思是他正在講另一通電話，插播進來接她的，所以不能再講了。

# 專交模特兒女友的男人

<u>關 鍵 字</u> modelizer

DVD：第一季第2集〈完美與平凡〉（Models and Mortals）

　　米蘭達（辛西亞·尼克森飾）應運動經紀人尼克之邀，到他家參加一場派對。餐後，幾個女人在廚房裡閒聊，她們透露尼克實際上是個「專交模特兒女友的男人」（a man who only dates models）。米蘭達心一驚，如果像尼克這樣的傢伙只看上模特兒，那麼平凡女人不就乏人問津？

　　在**專挑模特兒女友的男人**面前，你輸定了，畢竟哪個女人比得過模特兒？

In the eyes of the **modelizer** you just can't win; after all who is more perfect than a model?

　　"modelizer" 比「花心男人」（womanizer）挑剔，因為除了模特兒，一般女人他們看不上。「花心男人」則比 "modelizer" 更不專情，他們既喜歡一般女人，也喜歡模特兒，另一種說法是 "ladies' man"。

　　我嫁給一個**花心男人**。

I am married to a **womanizer**.

＊我的教授朋友對「花心男人」一詞有所異議。他認為賈寶玉是 "womanizer"，但不算是「花心男人」。

# 男收碗盤員

（關鍵字）busboy

DVD：第一季第4集〈二十歲男孩的誘惑〉（Valley of the Twenty-Somethings）

珊曼莎為一家新餐館舉辦開幕會，凱莉前去湊熱鬧。在那兒，她結識幾個二十來歲的小伙子，心中有所感觸：

二十多歲的小伙子總是認得幾個 "B" 開頭的人物：**男收碗盤員**、保鑣，外加他們有可愛的屁股。

20-something guys always know the really important "B" people——**busboys**, bouncers. Plus, they have cute butts.

\*　　　　\*　　　　\*　　　　\*　　　　\*

在美國上大學時，我一天三餐都在學校餐廳裡打發，有人問：「在外面吃，妳怎麼吃不膩啊？」

「在家裡吃才膩呢！我會煮的菜就那幾樣，哪像學校裡有各式各樣的餐廳，我天天換口味，一個月都吃不完。」

校園裡因為學生夠多，除了那幾家有面貌端正的「帶位員」（hostess）服務，收費較貴的情調餐廳外，其他則多半是「自助式餐廳」（cafeteria）。每個人端了一方塑膠「托盤」（tray），

從琳琅滿目的食物檯上挑選想吃的東西，由「男服務生」（waiter）或「女服務生」（waitress）把菜放進托盤裡，然後自己端著到「收銀員」（cashier）那兒付帳，自己找位子坐。

那吃完飯以後呢？在 cafeteria 裡，可不能拍拍屁股就走人，餐桌上豎立一塊告示牌，上面寫著：

"Please bus the tray after you finish the meal!"

把餐盤送上巴士？我正狐疑著，這到底是啥碗糕？又見餐廳門口另一塊牌子寫著徵人啟事："Busboy Wanted"。

然後我又看到，每個人用餐後，總是乖乖地把餐盤連同髒碗盤、剩菜一塊兒主動送回收碗盤處，這樣就可以少僱用一名員工。在台灣，許多速食店也有同樣的作法，在角落擺立架，上面擱塑膠托盤，底下可以丟垃圾。

＊本文指的「自助式餐廳」（cafeteria），叫多少付多少；與「吃到飽自助餐」（All-you-can-eat buffet.）有所不同。

　　＊　　　　＊　　　　＊　　　　＊　　　　＊

「服務生」與「收碗盤員」的工作有何不同？

服務生的工作是端乾淨的盤子及煮好的餐點給客人，而收碗盤員則是把用過的髒碗盤收走。所以，服務生的打扮比收碗盤員來得正式。

一般來說，收碗盤員負責收拾桌子，同時把客人留在桌上

的「小費」（tip）收起來交給服務生。通常在下班時，服務生會把當天收到的小費抽出5%分給收碗盤員。

　　有男收碗盤員，當然也有「女收碗盤員」（busgirl）。

# 美呆了、嚇壞了

關鍵字 **stunning, stun**

DVD：第一季第7集〈忠心耿耿〉（The Monogamists）

凱莉和女友上餐館，不料竟當場逮到男友「大人物」（Mr. Big）正與另一女人用餐。她把男友叫過來問話：

「你們在約會嗎？」（Are you on a date?）

「算是吧。」（Sort of.）

她有點不敢相信，男友居然另有別的女友！（He is seeing another woman.）

可是，凱莉原本以為他今晚要談公事，便質問他。「大人物」解釋說早跟別人約好吃飯。凱莉聽了，心裡很不爽，明明是約會，還找藉口，她話中帶刺地說：

She's **stunning**！

她**美呆了**！

And I should know because frankly, she **stunned** me.

我早該知道的，她**嚇壞我了**。

◎**Key words**：

stunning：（adj.）美極了

stun：（v.）使大吃一驚

# 長途電話公司

**關鍵字** long distance carrier

DVD：第一季第7集〈忠心耿耿〉（The Monogamists）

　　凱莉在餐館逮到男友「大人物」和別的女人約會，心裡很氣。她和同性戀友人史丹佛（Stanford）談到「一夫一妻制」（monogamy）的話題，史丹佛頗不以為然，認為男女之間，這年頭哪有什麼專情可言。

　　凱莉問他：「你不想跟好男人定下來嗎？」（"Wouldn't you commit to a nice guy?"）

I can't even commit to **a long distance carrier**.
我連**長途電話公司**都沒辦法固定同一家！

　　在美國，剛搬進新房子時，首先要向「市內電話公司」（local carrier）申請安裝新電話號碼，但這支電話只能打市內，所以還要另外申請附掛一條長途電話線。較知名的「長途電話公司」（long distance carrier）有 AT&T、MCI、Sprint 等公司，然後才能打到市外各地、其他州及國外。市內和長途的帳單分開寄。

　　每家長途電話公司的通話費率不同，優待時段也不同，所以有些用戶為了獲得各項優惠，經常換長途電話公司。

"long distance carrier" 就像台灣的固網。

＊DVD中文字幕把 "long distance carrier" 誤譯成「長途快遞」，可能是把「電話電報公司」（carrier）看成「急件遞送人」（courier）。

# 舊日同學

關 鍵 字　classmates

DVD：第一季第9集〈龜兔賽跑〉（The Turtle and the Hare）

美麗高雅的女室內設計師布魯克的婚禮上，男女佳賓雲集，十分熱鬧。

Investment bankers and the women who hate them, **classmates from Steiner, Dalton and Brown.**
來的有投資銀行家和討厭他們的女人，還有她**在史坦納初中、道爾頓高中及布朗大學唸書時期的同學。**

「史坦納」（Steiner）和「道爾頓」（Dalton）是紐約兩所私立完全中學，「布朗大學」（Brown University）則是位於羅德島的常春藤名校，校友有小甘迺迪等。這三校的聲譽卓著，學費昂貴，由此可見，布魯克的出身不凡。

＊中文字幕把 "Steiner, Dalton and Brown" 誤譯成「史坦納高中的同學戴爾頓和布朗」，把後面兩所學校變成同學的名字。
＊"Investment bankers and the women who hate them" 也誤譯成「來的有女人討厭的銀行投資客」，好像婚禮上只來了銀行家，那些女人卻沒出現。

＊　　　＊　　　＊　　　＊　　　＊

在美國提到著名大學時，因是普通常識，所以只要說 Yale（耶魯），一聽就知是大學。有的學院甚至比學校本身還出名，如台積電財務長張孝威和中國信託總經理辜仲諒，兩人都是出身 "Wharton"（Wharton School 華頓學院）的前後期校友。然而，Wharton 並不是一所大學，它僅是常春藤名校「賓州大學」（University of Pennsylvania）底下的商學院而已，因其排名與哈佛MBA不相上下，名氣已超越賓大。

夏綠蒂（克莉絲汀‧戴維斯飾）曾經以十分驕傲的口吻提及母校史密斯女子學院（位於麻州）：

我是**史密斯學院**畢業的。
I went to **Smith**.

# 托托

關鍵字 Toto

DVD：第一季第10集〈新生兒送禮會〉（The Baby Shower）

　　四個紐約女孩出城到康州探望懷孕的女友，那地方她們未曾去過，抵達時凱莉自言自語：

哦，**托托**，這裡可不是曼哈頓了。
Oh, **Toto**. I don't think we're in Manhattan anymore.

　　托托（Toto）到底是何意義？不明白者還以為是什麼驚嘆語呢。DVD中文字幕把 "Oh, Toto." 誤譯成：「真不是蓋的！」

　　小說或電影裡的經典名句，常被後人一字不漏照抄或竄改引用。這句話出自一九○○年出版的經典名著改編電影《綠野仙蹤》（*The Wizard of Oz*），作者法蘭克·鮑姆（Frank Baum）。當一陣龍捲風將小女孩桃樂絲吹離家鄉堪薩斯，吹到一個陌生的地方，她對抱在懷裡的小狗托托說：

**托托**，我覺得我們已經不在堪薩斯了。
**Toto,** I've a feeling we're not in Kansas anymore.

# 抽脂

關 鍵 字 lipo

DVD：第二季第3集〈怪人秀〉（The Freak Show）

誰能不老？大部分女人都怕老。自從小男友說她臉上有幾條「可愛的小皺紋」（cute little wrinkles），珊曼莎（金‧凱特羅飾）大受刺激。

她問凱莉：「妳覺得我像四十歲嗎？」（Do you think I look 40?）善良的凱莉立刻回答她：

妳看起來一點都沒有超過三十五歲。

You don't look a day over 35.

有一天，珊曼莎終於下定決心，走入紐約一家昂貴的「整形外科」（plastic surgery）。

醫生從上到下端詳珊曼莎的五官及身體，然後指著額頭說，我們可以這裡拉高一點（We can lift a little here.）；指著身體說，可以雕塑出這裡的線條（Take care of these lines here.）；十年後可以做縮肚子（In ten years, tummy tuck.）。最後看到她的下半身又想到：

哦，還有**抽脂**，抽臀部和大腿的地方。

Oh, **lipo**. The hip and the thigh area.

「抽脂」（lipo）是 "liposuction" 的縮寫。

＊ DVD中文字幕可能是把「抽脂」（lipo）看成「嘴唇」（lip）。

＊        ＊        ＊        ＊        ＊

DVD：第一季第2集〈完美與平凡〉（Models and Mortals）

　　紐約街頭，一位漂亮的模特兒正在拍攝廣告。她對「長得漂亮」（being beautiful）的看法是，你可以要什麼有什麼。比方說：巴黎度周末、亞斯本之旅、小島過聖誕，還有寶格麗項鍊以及「隆乳」（breast job）。

＊DVD中文字幕把 "breast job" 譯成「靠我的胸部來賺錢」。其實 "breast job" 和「整形鼻子」（nose job）都是整形的項目。

# 上了癮

關鍵字 addicted to

DVD：第二季第7集〈聞雞起舞〉（The Chicken Dance）

　　倫敦《經濟學人》（*Economist*）撰稿人傑若米來到米蘭達家中作客，剛巧女室內設計師瑪德蓮送一只茶几過來。傑若米一看就問：「好美，這是比德邁式的嗎？」女設計師好驚訝，對方居然如此識貨。

靈感來自**比德邁**，好眼光。
Inspired by **Biedermier**. Good eye.

我是《建築文摘》**迷**。
I'm **addicted to** *Architectural Digest*.

　　比德邁是十九世紀早期及中期流行於德國、奧地利的仿法式家俱。

　　對什麼東西上了癮，是比狂熱還要狂還要熱。各式各樣的癮，一旦染上了，就很難戒掉，如「有毒癮」（addicted to drugs）、「史蒂芬・金迷」（addicted to Stephen King），最麻煩難解的大概是「花癡」（addicted to love）。

# 長輩

**關鍵字** a senior

DVD：第二季第8集〈男人、神話、威而鋼〉（The man, the Myth, the Viagra）

　　珊曼莎新交了一位男友，有點上了年紀。他是個企業家，「單身、沒有對象」（single, available），而且還是個億萬富翁。她問凱莉的意見：

　　妳能接受**最老到幾歲**的男人？
　　What's your **age ceiling** with men?

　　「天花板」（ceiling）用來形容最高限制；「價格上限」（price ceiling），「薪資上限」（wage ceiling），「玻璃天花板」（glass ceiling），指公司企業裡的升遷限制。

　　凱莉回答她的上限是五十歲。珊曼莎要她猜猜看新男友的年齡，她從五十開始猜，然後是六十……

　　最後珊曼莎承認「那個最可愛的老傢伙」（the cutest older man）已經七十二，比實際年輕的七十二，凱莉驚得差點說不出話來。她問道：「妳真的願意跟『一個長輩』（a senior）交往嗎？」

　　在美國，被稱為 "senior" 的資格是年滿六十二歲以上，台

灣則年滿六十五。"senior" 可享各項優惠，如看電影與十二歲以下兒童一樣的票價。

# 一小步，一大步

**關鍵字** small step, giant leap

DVD：第二季第11集〈兩性進化論〉（Evolution）

　　凱莉深愛男友「大人物」，且把生命的重心放在對方身上。這段不太平衡的男女關係，使凱莉長期處於焦慮的狀態。

　　直到有一天，「大人物」終於答應讓凱莉留下一些私人物品在他家。男友的轉變，令凱莉暗自欣喜，表示在他心目中她已佔有一席之地。她想起阿姆斯壯（Neil Armstrong）的名言，剛好套用在「大人物」身上。

　　這對人類雖是**一小步**，但對「大人物」來說，卻真的是**一大步**。

　　It was **a small step** for mankind, but it was **a** really **big step** for Big.

　　阿姆斯壯是人類首度登陸月球的太空人，在那歷史性的一刻，他說出：「這是我的一小步，人類的一大步。」（That's one small step for a man, one giant leap for mankind.）這句話常被套用在日常英語中，比如家庭關係，父親在態度上小小的轉變，卻使家庭關係更融洽："One small step for Dad, one giant leap for our family."

任何事都不太可能一蹴可及，往往是從一小步做起，然後才能跨出一大步，學英文亦然。

# 吐苦水

關鍵字 whining

DVD：第二季第13集〈遊戲人間〉（Games People Play）

　　與「大人物」分手後，凱莉一時無法從情緒中恢復過來。一有機會，她就向眾女友發牢騷，她認為這段感情破裂，損失最多的是「大人物」，因為她是今生待他最好的女人……她說她為前男友感到可憐，沒有她，他的人生還有什麼意思……

　　有一天，眾女友終於受不了她老是吐苦水，便推派米蘭達直接跟她說明白：「我們已經受不了！」（We can't take it anymore!）再給妳十分鐘，我們就要打斷妳：

也許妳應該去向心理醫生**吐苦水**。
Maybe you should think about **whining** to a shrink.

例句：

不要再**吐苦水**！
No more **whining**!

不要**發牢騷**！
Stop **whining**!

　　我已厭倦別人**吐苦水**，說他們沒有辦法從網路上賺錢。

I am tired of hearing people **whining** about their inability to make money on the net.

# 未完成學分

關鍵字 incomplete
DVD：第二季第16集〈是非對錯〉（Was It Good for You?）

凱莉為紐約一家報紙寫專欄〈慾望城市〉，平日在與人交往的過程中，她以敏銳的眼光觀察，探討兩性之間微妙的關係。其中一篇她寫道：

我們每次邀對方共赴雲雨時，是否都被偷偷打了分數？諸如甲上、乙、丁或**沒完成**？

Are we secretly graded every time we invite someone to join us in it. "A+", "B", "D", "**incomplete**"?

美國大學及研究所在學期末評定學生成績時，評分有A、B、C、D、F。"A", "B", "C"，相當於台灣的「甲」、「乙」、「丙」；"D" 表示剛好及格；"E" 有被誤解為「優秀」（excellent），所以用 "F" 代之；"F" 表示「不及格」（failure）。

"D" 要補考，"F" 是死當重修。但還有人拿 "I"，這是什麼意思？

在美國唸大學，沒有所謂「二一」或「三一」不及格就退學的作法。學生每個學期的GPA必須維持一定的水平，一旦有幾科考壞了，把GPA往下拉，低於水平就滾蛋。

　　我大二時修一門經濟學，考試一直考不好，本來已經沒救了。有一天，我在學校餐廳遇到老教授，他突然對我大發慈悲，說要給我 "I"，叫我不要擔心，年紀輕輕，Be happy!

　　果然學期末收到成績單，我抱回一個「未完成學分」（incomplete），簡寫 "I"，不計分，完全不影響我的「總平均成績」（GPA，Grade Point Average）。在一年內，我可以免費重修該課程，不必繳重修費。

　　有的學生因為「報告」沒做好，教授給成績 "I"，必須改寫補交報告才過了關。

# 醫生到府看診

關鍵字 house call

DVD：第二季第17集〈二十歲女孩 vs. 三十歲女人〉（Twenty-Something Girls vs. Thirty-Something Women）

專欄作家凱莉參加一場新書派對，遇見一位年輕男子，一問之下，他竟是作家的專任醫生。凱莉很驚訝，這年頭，醫生居然有興趣參與病人的社交活動。她打趣說：

我的醫生連**到府看診**都不願意，更別說是來參加新書派對。

My doctor won't even make **house calls**, let alone attend a book party.

"house call" 是「醫生到府看診」，在美國，家庭醫生常有這種服務；在台灣，大概只有特權病人才享有此權利，一般人在緊急狀況下，找救護車送醫院比較快。

"make a phone call" 是「打電話」，因此 "make a house call"，DVD中文字幕誤譯成打電話到家裡。

"PC House Call" 則是「到府維修電腦」。

美國的度假中心或安養院常打廣告："a place to call home"，意思是溫馨、舒適，「像家一樣的地方」，千萬不要認為是一個可以打電話回家的地方。

# 中了頭彩

關 鍵 字 jackpot

DVD：第二季第18集〈這時我終於明白〉（Ex and the City）

珊曼莎在街頭偶遇一高大男士，兩人互相看對眼。不久第一次約會，珊曼莎心中暗喜，這就是她喜歡的那型男人。她覺得自己好像中了大獎，忍不住歡呼道：

叮鈴，叮鈴，叮鈴⋯⋯**中了大獎！**
Ding, ding, ding. **Jackpot!**

"Ding, ding, ding." 是在賭場拉「吃角子老虎」（slot machine）時忽然鈴聲大作，表示已經中獎的訊號。

我們常聽人家說：「他走運啦，突然中了頭獎彩券！」遇到這種情況，美國人會興奮的高呼一聲：

他**中了大獎！**
He **hit the jackpot！**

"Jack" 原是一種撲克牌遊戲，要有一對傑克以上的好牌才能贏。每次有人拿到一對時，他們就歡呼高喊著："hit the jackpot！" 贏者則樂翻天。

　　這話常用來形容：有人突然好運到來，一下翻了身，事先連想都沒想到，真是意外的驚喜。

# 學英文像吟詩、說故事

## ——聽有聲書

俗話說：「熟讀三百首，不會作詩也會吟。」學英文也是同樣的道理。聽英語有聲書，就像吟詩、說故事，這種實用而有趣的方法，您嘗試過嗎？

有人學英文，學了許多年，花了許多錢，卻學不好，或學了又忘。為什麼呢？

因為教材沒趣，所以讀不下去。我自己就是一個很好的例子，曾經英文一塌糊塗，直到聽了許多英語有聲書，恍然發現，英語好像百憂解，帶給我前所未有的快樂，在沒有壓力的情況下，不知不覺中學會了聽、讀、說、寫。

今年奧斯卡頒獎典禮，寇克‧道格拉斯和麥克‧道格拉斯這對父子檔上台，在拆開信封宣布得獎主前，兒子好心提醒老爸：

"You are supposed to say, 'the winner goes to———.'"

這位固執的老爸，怎麼可能聽兒子的指揮，就故意改口說：

"The winner is———"

## 知識性、故事性、趣味性

由此可見，英語有各種不同的表達方式，不是唸唸會話讀本，背背單字片語就能及時發揮的。英語要活學活用，就要

「多」聽有聲書，不僅要聽很「多」遍，而且要聽很「多」種，各式各樣的主題，聽久了，英語自然像靈魂一樣附身。

因為一本編得好的有聲書，充滿知識性、故事性、趣味性，在愉快中學到聽力、閱讀、會話、文法和寫作，英文就越來越好。上班族利用開車途中聽英文，不怕塞車；父母送小孩去上學，在車上放有聲書，短短的車程，全家一起學英文；還有睡前聽英文，可以幫助入眠，也可當小孩的床邊故事。

但要注意：想要輕鬆聽有聲書，一定要挑選適合您程度的書。如何知道哪本有聲書適合您？那就要看「字彙量」。至目前為止，成寒已出版三本英語有聲書：

《躺著學英文2──青春‧英語‧向前行》所附的有聲書〈搭便車客〉，Level：6──他從紐約啓程，沿著第66號公路往西行，目的地是加州。一路上，有個男子一直向他招手，想搭便車，他到底是誰？為何甩不掉他？不管車子開多快，他總是隨後跟來……音效逼真，一口氣聽到最後一秒，不聽到最後結局不甘心。

《躺著學英文3──打開英語的寬銀幕》所附的有聲書〈搭錯線〉，Level：5──夜深人靜，一個行動不便的婦人獨自在家。她要接線生幫她接通老公辦公室的電話，不料搭錯線，她竟偷聽到兩個人在電話中談一件即將發生的謀殺案，就在今晚十一點一刻整，他們打算……。CD的後半部特別加上中英有聲解說，打開讀者的耳朵，只要聽聽就會。

成寒編著的英語有聲書，是為真正喜歡英文，想把英文學

好的讀者而設計的，將陸續推出，敬請期待。若只是半吊子學英文，只想背幾句英語現學現賣者，那就不太合適。如果您對英語有聲書有任何疑問，歡迎上〈成寒部落格〉：

www.wretch.cc/blog/chenhen

〔英語有聲書〕

（附CD）

# 搭錯線

## Sorry, Wrong Number

　　這部懸疑中帶有驚悚氣氛的有聲書，一共有十八段。你可以一口氣聽完，也可分段來聽，當然更可以躺著聽。然後作填空測驗，把括弧內遺漏掉的字（有的不只一個字）寫下，看看自己的聽力程度如何。解答附在每一組內文之後。

　　記住，先聽幾遍，再對照原文。

　　一開始不要先看內文，以免寵壞了耳朵，它就不管用了。

　　在後半部，由中美老師仔細唸出單字及片語，覆述重要的句子。尤其是單字以清晰的美語發音，並拼出字母，可幫助你記憶單字。只要多聽幾遍，你將很驚訝地發現，原來英文可以聽聽就會。

　　聽力小祕訣：至少聽六遍以上，即使不能完全聽懂，也要讓耳朵熟悉英語的聲音與語調。

　　一般英語有聲教材的速度比較緩慢，只適合初學者，其實對聽力幫助不大。有聲書《搭錯線》為英美人士的正常說話速度，兼具戲劇和音效的臨場感，剛開始你也許不太適應，但只

Go! Go! Listen!

要多聽幾遍，耳朵熟能生巧，漸漸就能融會貫通。

在《躺著學英文——聽力從零到滿分》書中，成寒提到學英文要像吃自助餐，不要老吃同一道菜，最好是各色好菜搭配著吃，這樣才不會吃膩。所以，建議你把至目前為止已出版的《躺著學英文》三套CD有聲書拿出來，交換著聽，一來避免聽膩，二來英語更容易觸類旁通，聽力越練越好，會話也跟著進步。

倘若你的聽力不佳，聽不懂別人說的話，那要如何回答呢？所以要先會聽，就會說，也會寫。

聽有聲書，你會發現，學英語是多麼有趣的過程。你並不需要認識每一個單字，也不必完全聽懂所有的句子，就能輕鬆享受聽故事的樂趣。

＊廣播劇有些許雜音是正常的。因為人在正常交談時，難免會有環境的背景聲音。

# 搭錯線
## Sorry, Wrong Number

<u>老公今夜不在家</u>

＊第一組填空測驗：

黑衣人：This is the Man in Black, here to introduce Columbia's program — "Suspense." Tonight, as we（1.　　　　）our new Saturday evening（2.　　　　）on the air, Miss Agnes Moorehead returns to our（3.　　　　）to appear in the study in terror by Lucille Fletcher called, "Sorry, Wrong Number."

史蒂文生太太：Oh, dear.!

接線生：Your call, please?

史蒂文生太太：Operator, I've been（4.　　　　）Murray Hill 7-0093 now for the last three（5.　　　　）of an hour and the（6.　　　　）is always busy. I don't see how it could be

busy that long. Will you try it for me, please?

接線生：I will be glad to try that number for you. One moment, please.

史蒂文生太太：I don't see how it could be busy (7.          ). It's my husband's office. He's working (8.          ) tonight, and I'm all alone here in the house. My health is very (9.          ) and I've been feeling so (10.          ) all day.

接線生：Ringing Murray Hill 7-0093.

男子：Hello?

史蒂文生太太：Hello...? Hello. Is-is Mr. Stevenson there?

男子：Hello? Hello?

＊第一組測驗解答：

1. premiere 2. series 3. stage 4. dialing 5. quarters
6. line 7. all this time 8. late 9. poor 10. nervous

內文提示：

1. man in black：穿黑衣的男人、黑衣人。

2. Columbia's program：哥倫比亞廣播公司（CBS，Columbia Broadcasting System）的節目。

3. suspense：（n.）懸疑。

4. premiere：（v.）首映、首演。

5. Saturday evening series on the air：週末夜空中廣播劇場。

6. stage：（n.）舞台。

7. operator：（n.）接線生。

8. three quarters of an hour：四十五分鐘。

..................................................................................

# 電話裡的男子

＊第二組填空測驗：

第二個男子的聲音：Hello.

男子：Hello. George?

喬治：Yes, sir. This is George（1.　　　　）.

史蒂文生太太：Hello. Who's this?　What number am I calling, please?

男子： I'm here with our (2.　　　　).

喬治：Oh ... good. Is everything okay? Is the (3.　　　　)

clear for tonight?

男子：Yeah, George. He says the coast is clear for tonight.

喬治：Okay, okay.

男子：Where are you now?

喬治：In a (4.　　　　). Don't worry. Everything's okay.

男子： Very well. You know the (5.　　　　)?

喬治：Yeah, yeah, I know. At eleven o'clock the private

(6.　　　　) goes around to the (7.　　　　) on Second

Avenue for a (8.　　　　).

男子： That's right. At eleven o'clock.

喬治：I will make sure that all the lights (9.　　　　) are out.

男子：There should be only one light, (10.　　　　) from the

street.

喬治：Yeah, yeah, I know. At eleven-fifteen a train crosses the

(11.　　　　). It makes a (12.　　　　), in case her win-

dow's open and she should (13.　　　　).

史蒂文生太太：Oh! ... Hello? What number is this, please?

喬治：Okay. I understand, I tell you. That's eleven-fifteen, the train.

男子： Yeah. You remember everything else, George?

喬治：Yeah, yeah, I make it（14.　　　　）. As little blood as possible ...

喬治：...because...our client does not wish to make her （15.　　　　）long.

男子： That's right. You'll use a knife?

喬治：Yes. A knife will be okay. And（16.　　　　）I remove the rings and the（17.　　　　）and the jewelry in the （18.　　　　）drawer.  Because ... our client wishes it to look like simple（19.　　　　）. Don't worry. Everything's okay. I never ma —

史蒂文生太太：Oh...! Oh, how（20.　　　　）. How unspeak-ably awful! Oh...Operator.

＊第二組測驗解答：

1. speaking 2. client 3. coast 4. phone booth 5. address

6. patrolman 7. bar 8. beer 9. downstairs 10. visible

11. bridge 12. noise 13. scream 14. quick 15. suffer

16. afterwards 17. bracelets 18. bureau 19. robbery 20. awful


內文提示：

1. phone booth：（n.）電話亭。

2. patrolman：（n.）巡邏員。

3. downstairs：（adv.）樓下。

4. visible：（adj.）可看見的。

5. in case：以防萬一。

6. as ... as possible：越……越好。

7. suffer：（v.）受苦。

8. bracelet：（n.）手鐲。

9. jewelry：（n.）珠寶。

10. bureau：（n.）五斗櫃。

11. drawer：（n.）抽屜。

# 一樁密謀

＊第三組填空測驗：

接線生：Your call, please?

史蒂文生太太：Operator, I've just been（1.　　　　　）.

接線生：I'm sorry. What number were you calling?

史蒂文生太太：Why, it was（2.　　　　　）be Murray Hill 7-0093 but it wasn't. Some wires must have（3.　　　　　）— I was cut into a wrong number and I — I-I've just heard the most（4.　　　　　）thing — something about a-a murder and — Operator, you simply have to（5.　　　　　）that call（6.　　　　　）!

接線生：I beg your pardon? May I help you?

史蒂文生太太：Oh, I know it was a wrong number, and I had no（7.　　　　　）listening, but these two men — they were（8.　　　　　）fiends — and they were going to murder some-

body, some poor (9.                    ) woman, who was all alone in a house near a bridge and we've got to stop them — we've got to —

接線生：Uh, what number were you calling, please?

史蒂文生太太：Well, that doesn't matter. This was a wrong number. And you dialed it for me. And we've got to find out what it was (10.          )!

接線生：What number did you call?

史蒂文生太太：Oh, why are you so (11.          )? What time is it? Do you mean to tell me you can't find out what that number was just now?

接線生：I'll (12.          ) you with the Chief Operator.

史蒂文生太太： Oh, I think it's perfectly (13.          ). Now, look. Look — it was obviously a case of some little (14.          ) of the finger. I told you to try Murray Hill 7-0093 for me. You dialed it but your finger must have slipped and I was connected with some other number — and I could hear them, but they couldn't hear me. Now, I-I-I simply fail to see

why you couldn't make that same mistake again
（15.　　　） — why you couldn't try to dial Murray Hill 7-
0093 in the same sort of（16.　　　）way —

接線生：Murray Hill 7-0093?

史蒂文生太太：Yes!

接線生：I'll try to get it for you.

史蒂文生太太：Well, thank you.

接線生：I'm sorry. Murray Hill 7-0093 is busy. I'll call you in
twenty minutes—

＊第三組測驗解答：

1. cut off 2. supposed to 3. got crossed 4. dreadful

5. retrace 6. at once 7. business 8. cold-blooded

9. innocent 10. immediately 11. stupid 12. connect

13. shameful 14. slip 15. on purpose 16. careless

內文提示：

1. at once：立刻、馬上。

2. cold-blooded：（adj.）冷血的。

3. fiend：（n.）惡魔。

4. innocent woman：無辜的婦人。

5. on purpose：故意的。

........................................................................................

# 追蹤那通可疑電話

＊第四組填空測驗：

史蒂文生太太：Operator! Operator! Operator! Operator!

接線生：Your call, please?

史蒂文生太太：You didn't try to get that wrong number
（1.　　　　）. I asked you（2.　　　　）and all you did was
dial（3.　　　　）.

接線生：I'm sorry. What number are you calling?

史蒂文生太太：Well, can't you, for once, forget what number
I'm calling and do something for me? Now I want to trace that
call. It's my（4.　　　　）duty and it's your civic duty to trace

that call and to（5.　　　　）those（6.　　　　）killers —

and if you won't...

接線生：I will connect you with the Chief Operator.

史蒂文生太太：Please!

史蒂文生太太：Oh, dear ...

＊第四組測驗解答：

1. at all 2. explicitly 3. correctly 4. civic 5. apprehend

6. dangerous

內文提示：

1. explicitly：（adv.）清楚地、明白地。

2. I want to trace that call.：我要追蹤那通電話。

3. civic duty：市民的責任。

4. apprehend：（v.）逮捕。

..............................................................................

# 十一點一刻，即將發生……

＊第五組填空測驗：

接線生領班：This is the Chief Operator.

史蒂文生太太：Oh, uh, Chief Operator. I want you to trace a call, a telephone call, immediately. I don't know where it came from, or who was making it, but it's（1.　　　　）necessary that it be tracked down.　Because it was about a murder that someone's planning — a（2.　　　　）, cold-blooded murder of a（3.　　　　）innocent woman, tonight, at eleven-fifteen.

接線生領班：I see.

史蒂文生太太：Well, can you trace it for me?　Can you track down those men?

接線生領班：I'm not certain. It（4.　　　　）.

史蒂文生太太：Depends on what?

接線生領班：It depends on whether the call is still going on. If it's a（5.　　　　）call, we can trace it on the equipment. If it's been (6.         ), we can't.

史蒂文生太太： Disconnected?

接線生領班：If the (7.       ) have stopped talking to each other.

史蒂文生太太：Oh, but of course they must have stopped (8.      ) to each other (9.      ). That was at least five minutes ago and they didn't sound like the (10.   ) who would make a long call.

接線生領班：Well — I can try tracing it. May I have your name, please?

史蒂文生太太：Mrs. Stevenson. Mrs. Elbert Stevenson. But, listen —

接線生領班：And your telephone number, please?

史蒂文生太太：Plaza 4-2295. But if you go on (11.    ) all this time —

接線生領班：Why do you want this call traced, please?

史蒂文生太太：Wha—? I — Well — no reason. I-I mean, I merely felt very strongly that something ought to be done

about it. These men sounded like killers — they're dangerous, they're going to murder this woman at eleven- fifteen tonight and I thought the police（12.　　　）to know.

接線生領班：Have you（13.　　　）this to the police?

史蒂文生太太：Well ... No. Not yet.

接線生領班：You want this call checked purely as a private（14.　　　）?

史蒂文生太太：Yes, yes. But（15.　　　）—

接線生領班：I'm sorry, Mrs. Stevenson, but I'm afraid we couldn't make this check for you and trace the call just on your say-so as a private individual. We'd have to have something more official.

史蒂文生太太：Oh, for heaven's sake. You mean to tell me I can't report that there's gonna be a murder without getting tied up in all this（16.　　　）? Why, it's perfectly idiotic! Well, all right. I'll call the police.

接線生領班：Thank you. I'm sure that would be the best way to—

史蒂文生太太：Ridiculous! Perfectly ridiculous!

史蒂文生太太：The thought of it! ... I can't see why I have to go to all this trouble... Oh ...!

＊第五組測驗解答：

1. absolutely 2. terrible 3. poor 4. depends

5. live 6. disconnected 7. parties 8. talking

9. by now 10. type 11. wasting 12. ought

13. reported 14. individual 15. meanwhile 16. red tape

內文提示：

1. Chief Operator：接線生領班。

2. I want you to trace a call：我要妳幫我追蹤一通電話。

3. Can you track down those men?：你能追蹤到那些人嗎？

4. I'm not certain. It depends.：我不確定，要視情況而定。

5. Depends on what?：視哪種情況？

6. It depends on whether the call is still going on.：要看那通電話是不是還在通話。

7. If it's a live call, we can trace it on the equipment. ：如果這通電話還在通話中，我們就可以從系統設備追蹤其來源。

8. disconnect：（v.）電話斷線。

9. If it's been disconnected, we can't. ：如果它已經斷線，我們就沒辦法查了。

10. party：打電話者。

11. If the parties have stopped talking to each other. ：如果打電話的人已經不再通話的話。

12. by now：此刻已經。

13. Of course they must have stopped talking to each other by now. ：當然，他們此刻一定已經停止通話了。

14. at least：至少。

15. That was at least five minutes ago. ：那至少是五分鐘以前。

16. They didn't sound like the type who would make a long call. ：他們不像是會講很久電話的那種人。

17. I mean, I merely felt very strongly that something ought to be done about it. ：我的意思是，我只是有強烈的感覺，非

採取什麼行動不可。

18. You want this call checked purely as a private individual?：
妳要純粹以個人理由查這通電話？

19. We'd have to have something more official.：我們需要有比
較正式的理由。

19. for heaven's sake：看在上帝面上。

20. red tape：官僚作風；繁文縟節。

21. You mean to tell me I can't report that there's gonna be a
murder without getting tied up in all this red tape?：妳的意
思是說，我一定要經過這些官僚作風（麻煩）才能通報即將
發生謀殺案？

22. Why, it's perfectly idiotic!：哼，真是愚蠢到家！

23. ridiculous!：荒謬的！可笑的！

# 我要報案

＊第六組填空測驗：

接線生：Your call, please?

史蒂文生太太：The Police Department. Get me the Police Department — please!

接線生：Thank you.

史蒂文生太太：Oh, dear! Do you have to（1.　　　　）? Can't you ring them（2.　　　　）?

接線生：Ringing the Police Department.

馬汀警佐：Police Station,（3.　　　　）43, Sergeant Martin speaking.

史蒂文生太太：Police Department? Ah, this is Mrs. Stevenson — Mrs. Elbert Smythe Stevenson of 53 North Sutton Place. I'm calling up to（4.　　　　）a murder. I mean — the murder hasn't been（5.　　　　）yet but I just（6.　　　　）plans for it（7.　　　　）the telephone — over a wrong number that the operator gave me. I've been trying to trace down the call myself — but everybody is so stupid — and I guess (8.　　　　) you're the only people who can do anything.

馬汀警佐：Yes, ma'am.

史蒂文生太太：It was a perfectly (9.　　　　) murder. I heard their plans (10.　　　　). Two men were talking and they were going to murder some woman at eleven-fifteen tonight. She lived in a house near a bridge. Are you listening to me?

馬汀警佐：Yes. Uh, yes, ma'am.

史蒂文生太太：And there was a private patrolman on the street. He was going to go around for a beer on Second Avenue. And there was some (11.　　　　) man — a client who was paying to have this poor woman murdered. They were going to take her rings and bracelets and-and use a knife... Well — it's (12.　　　　) me dreadfully — and I'm not well — and I feel so nerv—

馬汀警佐：I see. When was all this, ma'am?

史蒂文生太太：About eight minutes ago. Then-then you can do something? You do understand —

馬汀警佐：What is your name, ma'am?

史蒂文生太太：Mrs. Stevenson. Mrs. Elbert Stevenson.

馬汀警佐：And your address?

史蒂文生太太：53 North Sutton Place. Five-three North Sutton Place. That's near a bridge. The Queensboro Bridge, you know and — and-and we have a private patrolman on our street... and Second Avenue —

＊第六組測驗解答：

1. dial 2. direct 3. Precinct 4. report

5. committed 6. overheard 7. over 8. in the end

9. definite 10. distinctly 11. third 12. unnerved

內文提示：

1. Precinct 43：四十三分局。

2. commit a murder：殺人；犯了謀殺罪。

3. The murder hasn't been committed yet.：謀殺案尚未發生。

4. overheard：overhear的過去式、過去分詞；（v.）無意中聽到。

5. I heard their plans distinctly.：我清楚地聽到他們的計畫。

6. unnerve：（v.）使……沮喪。

7. It's unnerved me dreadfully.：那使我非常沮喪。

......................................................................

# 別擔心，這件事我們會處理

＊第七組填空測驗：

馬汀警佐：And what was that number you were calling?

史蒂文生太太：Murray Hill 7-0093.　But that wasn't the number I overheard. I mean Murray Hill 7-0093 is my husband's office. He's working late tonight and I was trying to reach him to ask him to come home. I'm an（1.　　　）, you know, and it's the maid's（2.　　　）and I hate to be alone,（3.　　　）he says I'm perfectly safe（4.　　　）I have

the telephone right beside my bed.

馬汀警佐：Well, we'll （5.       ） it, Mrs. Stevenson, and see if we can check it with the telephone company.

史蒂文生太太：But the telephone company said they couldn't check the call if the parties had stopped talking. I've already taken care of that!

馬汀警佐：Oh, you have?

史蒂文生太太：Yes. And, （6.      ）, I feel you ought to do something far more immediate and （7.     ） than just check the call. What good does checking the call do if they've stopped talking? By the time you tracked it down, they'll already have committed the murder.

馬汀警佐：Well, we'll take care of it. Don't you worry.

史蒂文生太太： Well, I'd say the whole thing calls for a （8.      ）, a complete and （9.     ） search of the whole city. Now, I'm very near the bridge and I'm not far from Second Avenue — and I know I'd feel a whole lot better if you sent around a radio car to this （10.     ） at once!

馬汀警佐：And what makes you think the murder's going to be committed in your neighborhood, ma'am?

史蒂文生太太：Well, I — Oh, I don't know. Only the (11.          ) is so horrible. Second Avenue — the patrolman — the bridge.

馬汀警佐：Second Avenue is a very long street, ma'am. And you know how many bridges there are in the city of New York (12.          )?

史蒂文生太太： Yes, I know-


＊第七組測驗解答：

1. invalid 2. night off 3. even though 4. as long as 5. look into 6. personally 7. drastic 8. search 9. thorough 10. neighborhood 11. coincidence 12. alone


內文提示：

1. It's the maid's night off：女傭晚上休假。

2. I hate to be alone, even though he says I'm perfectly safe as

long as I have the telephone right beside my bed.：我討厭一個人在家，雖然他跟我說只要床邊有電話，我就十分安全。

3. We'll look into it.：我們會去調查。

4. We'll take care of it.：這件事我們會處理。

5. Well, I'd say the whole thing calls for a search, a complete and thorough search of the whole city.：這樣好了，我建議來一次城市搜索行動，一次完整的、徹底的搜索。

6. I know I'd feel a whole lot better if you sent around a radio car to this neighborhood at once!：如果你們能立刻派一輛有無線電裝備的巡邏車到附近，我會覺得安心許多。

7. coincidence：（n.）巧合。

8. Only the coincidence is so horrible.：只是這巧合未免太可怕了。

9. You know how many bridges there are in the city of New York alone?：妳知道光在紐約市就有多少座橋？

# 線索不明

*第八組填空測驗：

馬汀警佐：Not to （1. 　　　　） Brooklyn, Staten Island, Queens, and the Bronx.

史蒂文生太太： I know that!

馬汀警佐：How do you know there isn't （2. 　　　　） little house on Staten Island on some little Second Avenue you've never even （3. 　　　　）? How do you know they're even talking about New York at all?

史蒂文生太太：But I heard the call on the New York dialing system.

馬汀警佐：Maybe it was a （4. 　　　　） call you overheard.

史蒂文生太太： Oh, don't—

馬汀警佐：Telephones are funny things. Look, lady, why don't you look at it this way? Supposing you hadn't broken in on that telephone call? Supposing you'd got your husband the way

you always do. You wouldn't be so (5.          ) , would you?

史蒂文生太太：Well, no, I suppose not. Only it sounded so (6.          ) — so cold-blooded.

馬汀警佐：A lot of murders are (7.          ) in this city every day, ma'am. We manage to (8.          ) almost all of 'em.

史蒂文生太太：But—

馬汀警佐：But a clue of this kind is so (9.          ) — it isn't much more use to us than no clue at all.

史蒂文生太太：But, surely, you —

馬汀警佐：Unless, of course, you have some reason for thinking this call was (10.          ) and — that someone may be planning to murder you.

史蒂文生太太：Me? Oh — oh, no — no, I hardly think so. I — I mean, why should anybody? I'm alone (11.          ) and night. I see nobody except my (12.          ), Eloise, and — she's a big girl, she (13.          ) two hundred pounds —

she's（14.　　　）lazy to bring up my breakfast tray and —

the only other person is my husband, Elbert.  He's crazy about

me — he-he just（15.　　　）me. He waits on me

（16.　　　）. He's scarcely left my side since I took sick,

well, twelve years ago....

馬汀警佐：Well, then, there's nothing for you to（17.　　　）.

Now, if you'll just leave the rest of this to us, we'll take care of

it.

史蒂文生太太：But what will you do? It's so late ... it's nearly

eleven now!

馬汀警佐：We'll take care of it, lady.

史蒂文生太太：Will you（18.　　　）it all over the city? And

send out（19.　　　）? And warn your radio cars to

.（20.　　　）— especially in（21.　　　）neighborhoods

like mine —

馬汀警佐：Lady, I said we'd take care of it. Just now I've got a

couple of other matters here on my desk that require immedi-

ate（22.　　　）. Good night, ma'am, and thank you.

史蒂文生太太：Oh, you—! You—!

史蒂文生太太：Idiot! Oh, now, why did I hang up the phone like that? He'll think I am a (23.            )! Oh — why doesn't Elbert come home? Why doesn't he? Why doesn't he come home?

＊第八組測驗解答：

1. mention 2. some 3. heard about 4. long-distance 5. upset

6. inhuman 7. plotted 8. prevent 9. vague 10. phony

11. all day 12. maid 13. weighs 14. too 15. adores

16. hand and foot 17. worry about 18. broadcast 19. squads

20. watch out 21. suspicious 22. attention 23. fool

內文提示：

1. Not to mention Brooklyn, Staten Island, Queens, and the Bronx.：更別提布魯克林區、史泰登島、皇后區和布朗克斯區。

2. How do you know there isn't some little house on Staten

Island on some little Second Avenue you've never even heard about? 妳怎會知道不是史泰登島上某條小小的第二街上，妳甚至連聽都沒聽過的某棟房子？

3. long-distance call：長途電話。

4. Why don't you look at it this way?：為什麼妳不這樣想？

5. Supposing you hadn't broken in on that telephone call?：假設妳沒有搭錯線？

6. upset：（adj.）心煩的。

7. Supposing you'd got your husband the way you always do. You wouldn't be so upset, would you?：假設妳跟以往一樣順利接通你先生，妳就不會這麼心煩，對不對？

8. I suppose not.：我想不會的。

9. It sounded so inhuman.：那聽起來很沒人性。

10. A lot of murders are plotted in this city every day.：這個城裡每天都有許多謀殺案正在策畫中。

11. clue：（n.）線索。

12. vague：（adj.）模糊的、不明確的。

13. But a clue of this kind is so vague. It isn't much more use

to us than no clue at all.：但是這種線索實在很不明確，對
我們來說，它不會比毫無線索多一點兒用處。

14. phony：（adj.）假的。

15. She weighs two hundred pounds.：她體重有兩百磅。

16. She's too lazy to bring up my breakfast tray.：她懶到不肯
幫我端早餐盤過來。

17. He's crazy about me：他狂愛著我。

18. He just adores me.：他就是崇拜著我。

19. He waits on me hand and foot.：他伺候我無微不至。

20. Well, then, there's nothing for you to worry about.：既然這
樣，那就沒什麼好讓妳擔心的。

21. Now, if you'll just leave the rest of this to us.：現在妳只要
把剩下的事交給我們來處理就好。

22. Will you broadcast it all over the city? And send out
squads?：你可以對整個城市廣播？加派巡邏車嗎？

23. watch out：注意、小心。

24. suspicious：可疑的。

25. Just now I've got a couple of other matters here on my

desk that require immediate attention.：現在我桌上有幾件

事正需要馬上處理。

26. Idiot! Oh, now, why did I hang up the phone like that? He'll

think I am a fool!：白癡！哦，我怎麼會那樣掛電話？他會

以為我是個愚蠢的人！

......................................................................................

# 電話為什麼一直佔線？

\* 第九組填空測驗：

接線生：Your call, please?

史蒂文生太太：Operator, for heaven's sake, will you ring that

Murray Hill 7-0093 number again? I can't think what's

(1.        ) him so long!

接線生：I will try it for you.

史蒂文生太太：Well, try! Try! I don't see why he doesn't

answer it...

接線生：I'm sorry. Murray Hill 7-0093 is busy. I will—

史蒂文生太太：I can hear it. You don't have to tell me. I know it's busy...

史蒂文生太太：（2.　　　　　） only ... get out of this bed for a little while. If I could get a breath of fresh air, just （3.　　　　） the window and see the street ...

史蒂文生太太：Hello, Elbert? Hello? Hello? Hello?! Oh, （4.　　　　） this phone? HELLO! HELLO!

史蒂文生太太：Hello? Hell——? Oh, for heaven's sake, who is this? Hello, Hello, HELLO!

史蒂文生太太：Oh, who's trying to call me ... ?

史蒂文生太太：Why doesn't she answer?

＊第九組測驗解答：

1. keeping 2. If I could 3. lean out 4. what's the matter with

內文提示：

1. I can't think what's keeping him so long!：我想不通什麼事讓他講那麼久的電話！

2. If I could only get out of this bed for a little while.：假如我能夠從床上起身一會兒就好。

3. If I could get a breath of fresh air, just lean out the window and see the street...：假如我能夠吸到一口新鮮的空氣，只是探出窗外，看看街道就好……

4. Oh, what's the matter with this phone?：哦，這支電話是怎麼搞的？

......................................................................................

# 鈴聲逼得我快發瘋

＊第十組填空測驗：

接線生：Your call, please?

史蒂文生太太：Hello, Operator, I don't know what's the matter with this telephone tonight, but it's positively（1.　　　）me crazy. I've never seen such（2.　　　）,（3.　　　）service. Now, now, look. I'm an invalid, and I'm very nervous, and I'm not supposed to be（4.　　　）. But if this keeps on

much longer...

接線生：What seems to be the trouble, please?

史蒂文生太太：Well, everything's wrong! I haven't had one (5.       ) of satisfaction out of one call I've made this evening! The whole world could be murdered for all you people care. And now my phone keeps ringing and ringing and ringing and ringing every five (6.       ) and when I pick it up there's no one there!

接線生：I'm sorry. If you will (7.       ), I will test it for you.

史蒂文生太太：I don't want you to test it for me! I want you to put that call through, whatever it is, at once!

接線生：I'm afraid I cannot do that.

史蒂文生太太：You can't?! And why — why, may I ask?

接線生：The dial system is (8.       ).

接線生：If someone is trying to dial your number, there is no way to check it if the call is coming through the system or not — unless the person who's trying to reach you (9.       )

to his particular operator.

史蒂文生太太：Well, of all the stupid — and meanwhile I've got to sit here in my bed, suffering every time that phone rings, （10.　　　　）everything ...

接線生：I will try to check the trouble for you.

史蒂文生太太：Check it! Check it! That's all anybody can do! Oh, what's the use of talking to you? You're so stupid!

史蒂文生太太：Oh, I'll （11.　　　　）her! Of all the （12.　　　　）... How dare she speak to me like that? How dare she?

史蒂文生太太：Call the operator ...

史蒂文生太太：Oh, why does it take so long?

＊第十組測驗解答：

1. driving 2. inefficient 3. miserable 4. annoyed 5. bit
6. seconds 7. hang up 8. automatic 9. complains 10. imagining
11. fix 12. impudent

內文提示：

1. It's positively driving me crazy.：那的確逼得我快發瘋了。

2. I've never seen such inefficient, miserable service.：我從沒見過如此沒有效率、糟糕的服務。

3. I'm an invalid：我是個行動不便的人。

4. I'm not supposed to be annoyed.：我不應該被惹煩的。

5. I haven't had one bit of satisfaction out of one call I've made this evening!：今晚我所打的電話沒有一通讓我有點滿意的。

6. My phone keeps ringing and ringing and ringing and ringing every five seconds and when I pick it up there's no one there!：我的電話一直響、一直響、一直響，每隔五秒鐘就響，當我拿起聽筒，卻沒人回答。

7. I want you to put that call through, whatever it is, at once!：我要妳接通那通電話，不管那是什麼電話，馬上幫我接通！

8. Meanwhile I've got to sit here in my bed, suffering every time that phone rings, imagining everything ... Oh, what's the use of talking to you?：在這段時間，我只能坐在床上，忍受每一通電話響的痛苦，胡思亂想……哦，跟妳說又有什

麼用？

9. I'll fix her!：我要修理她。

10. impudent：鹵莽的、不知恥的。

11. How dare she speak to me like that?：她居然敢跟我那樣講
話？

..................................................................................................

## 哈囉！哈囉！你到底是誰？

＊第十一組填空測驗：

接線生：Your call, please?

史蒂文生太太：Young woman, I don't know your name. But there are（1.　　　　）of finding you out. And I'm going to report you to your（2.　　　　）for the most unpardonable （3.　　　　）and（4.　　　　）it's ever been my （5.　　　　）— Give me the business office at once!

接線生：You may dial that number direct.

史蒂文生太太：Dial it direct? I'll do no such thing! I don't even

know the number...

接線生：The number is in the（6.　　　　）or you may secure it by dialing（7.　　　　）.

史蒂文生太太：Listen, here, you— Oh, what's the use!

史蒂文生太太：Oh, dear ...

史蒂文生太太：Oh, for heaven's sake, I'm going out of my mind! Out of my—

史蒂文生太太：Hello?! HELLO! Stop ringing me, do you hear? Answer me! Who is this? Do you（8.　　　　）you're driving me crazy? Who's calling me? What are you doing it for?  Now stop it! Stop it! Stop it! HELLO! HELLO! I-I-If you don't stop ringing me, I'm going to call the police, do you hear?! THE POLICE!

史蒂文生太太：Oh, if Elbert would only come home!

史蒂文生太太：Oh, let it ring.  Let it go on ringing.  It's a trick of some kind. I won't answer it. I won't. I won't. I won't, （9.　　　　）it goes on ringing all night. Oh, you ring. Go ahead and ring.

史蒂文生太太：Stopped. Now, now what's the matter? Why did they stop ringing（10.　　　）? Oh... What time is it? Where did I put that ...（11.　　　）? Oh, here it is. Five to eleven ... oh, they've decided something. They're sure I'm home. They heard my voice answer them just now. That's why they've been ringing me — why no one has answered me —

史蒂文生太太：I'll call the operator again.

史蒂文生太太：Oh, where is she? Why doesn't she answer? Why doesn't she answer?

接線生：Your call, please?

史蒂文生太太：Where were you just now? Why didn't you answer（12.　　　）? Give me the Police Department.

接線生：I'm sorry. The line is busy. I will call you—

史蒂文生太太：Busy? But that's（13.　　　）! The Police Department can't be busy. There must be other lines（14.　　　）.

接線生：The line is busy. I will try to get them for you later.

史蒂文生太太：No, no! I've got to speak to them now or it may

be too late. I've got to talk to someone!

＊第十一組測驗解答：

1. ways 2. superiors 3. rudeness 4. insolence

5. privilege 6. directory 7. Information 8. realize

9. even if 10. all of a sudden 11. clock 12. at once

13. impossible 14. available

內文提示：

1. But there are ways of finding you out. ：但總有方法可以查出
妳到底是誰。

2. superior： （n.）上司。

3. insolence： （n.）傲慢的態度。

4. I'm going to report you to your superiors for the most unpar-
donable rudeness and insolence. ：我要向妳的上司報告妳那
不可原諒的無禮和傲慢的態度。

5. Information： （n.）查號台。

6. Oh, what's the use! ：哦，這有什麼用！

7. I'm going out of my mind!：我快要發瘋了！

8. Do you realize you're driving me crazy?：妳知道妳逼得我快發瘋了？

9. Oh, if Elbert would only come home!：哦，如果艾爾伯特能夠回家就好了！

10. all of a sudden：突然間。

11. There must be other lines available.：一定還有別條線可以打通。

......................................................................

# 查號台

＊第十二組填空測驗：

接線生：What number do you wish to speak to?

史蒂文生太太：I don't know!　But there must be someone to
（1.　　　　　　）people beside the Police Department!　A-a-a —
（2.　　　　　　）agency — a —

接線生：You will find agencies（3.　　　　　　）in the

（4.　　　　　）Directory.

史蒂文生太太：But I don't have a Classified! I mean — I'm-I'm too nervous to look it up — and I-I don't know how to use the—

接線生：I'll connect you with Information. Perhaps she will （5.　　　　　）you.

史蒂文生太太：No! No! Oh, you're being （6.　　　　　）, aren't you? You don't care, do you, what happens to me? I could die and you wouldn't care.

史蒂文生太太：Oh! Stop it! Stop it! Stop it! I can't （7.　　　　　）any more.

史蒂文生太太：Hello! What do you want? Stop ringing, will you? Stop it...!

＊第十二組測驗解答：

1. protect 2. detective 3. listed 4. Classified 5. be able to help
6. spiteful 7. stand

內文提示：

1. detective agency：偵探社。

2. Classified Directory：分類廣告電話簿。

3. too...to：太……以至於不能。

4. I'm too nervous to look it up.：我緊張過度，沒辦法自己去查。

5. spiteful：（adj.）惡意的。

........................................................................................

# 一通電報

＊第十三組填空測驗：

電報公司：Hello, is this Plaza 4-2295?

史蒂文生太太：Yes. Yes, I'm .. I'm sorry.

This ... this is Plaza 4-2295.

電報公司：This is (1.　　　　). I have a (2.　　　　) here for Mrs. Elbert Stevenson. Is there anyone there to receive the (3.　　　　)?

史蒂文生太太：I'm ... I'm Mrs. Stevenson.

電報公司：The telegram is as（4.　　　　）：Mrs. Elbert Stevenson, 53 North Sutton Place, New York, New York. Darling.（5.　　　　）sorry. Tried to get you for last hour, but line busy.（6.　　　　）Boston eleven p.m. tonight, on urgent business.　Back tomorrow afternoon.　Keep happy. Love.（7.　　　　）, Elbert.

史蒂文生太太：Oh, no —

電報公司：Do you wish us to（8.　　　　）a copy of the message?

史蒂文生太太：No. No, thank you.

電報公司：Thank you, madam. Good night.

史蒂文生太太：Good night.


＊第十三組測驗解答：

1. Western Union 2. telegram 3. message 4. follows 5. Terribly

6. Leaving for 7. Signed 8. deliver

內文提示：

1. Western Union：西聯匯款公司。也譯「西聯電報及匯款公司」。這家公司本來就有電報業務，近年則以匯款居多。

2. telegram：（n.）電報。

3. The telegram is as follows：電報內容如下。

4. Leaving for Boston eleven p.m. tonight.：今晚十一點前往波士頓。

......................................................................................

# 他怎麼可以就這樣走了？

＊第十四組填空測驗：

史蒂文生太太：Oh, no. No — I don't believe it. He couldn't do it. He couldn't do it. Not when he knows I'll be（1.　　　）. It's some trick — some（2.　　　）trick —

史蒂文生太太： ... some trick .. why doesn't she ...?

接線生：Your call, please?

史蒂文生太太：Operator, try that Murray Hill 7-0093 number

for me, just（3.　　　　）, please.

接線生：You may dial that number direct ...

史蒂文生太太：Oh ... 7-0-0-9-3.

史蒂文生太太：Oh ... He's gone. He's gone. Oh, Elbert, how could you? How could you —?

史蒂文生太太：How could you? I-I can't be alone tonight. I can't. If I'm alone one more second, I'll go mad. I don't care what he says — or what the（4.　　　　）is — I'm a sick woman ... I'm（5.　　　　）... I'm entitled ...

查號台：Information. May I help you?

史蒂文生太太：I-I want the telephone number of Henchley Hospital.

查號台：Henchley Hospital? Do you have the street address?

史蒂文生太太：No. No. It's（6.　　　　）in the seventies. It's a very small, private, and（7.　　　　）hospital where I had my（8.　　　　）out two years ago. Henchley — uh, H-E-N-C —

查號台：One moment, please.

＊第十四組測驗解答：

1. all alone 2. fiendish 3. once more 4. expense 5. entitled

6. somewhere 7. exclusive 8. appendix

內文提示：

1. some fiendish trick：某個狠毒的惡作劇。

2. I'm entitled.：我有資格。

3. It's somewhere in the seventies.：那家位於七十幾街附近。

4. appendix：（n.）盲腸。

........................................................................................

# 我要護士

＊第十五組填空測驗：

史蒂文生太太：Please hurry.  And please — what is the time?

查號台：You may find out the time by dialing Meridian 7-1212.

史蒂文生太太：Oh, for heaven's sake … I've no time to be dialing …

查號台：The number of Henchley Hospital is Butterfield 7-0105.

史蒂文生太太：Butterfield 7-0105.

醫院服務窗口：Henchley Hospital. Good evening.

史蒂文生太太：Nurses' registry.

醫院服務窗口：Who was it you wished to speak to, please?

史蒂文生太太：I want the nurse's registry, at once. I want a trained nurse. I want to (1.        ) her immediately for the night.

醫院服務窗口：I see. And what is the nature of the case, madam?

史蒂文生太太：Nerves. I'm very nervous. I need soothing (2.        ). You see, my husband is away and I'm—

醫院服務窗口：Have you been recommended to us by any doctor (3.        ), madam?

史蒂文生太太：No. But I really don't see why all this (4.        ) is necessary. I just want a trained nurse. I was a (5.        ) in your hospital two years ago. And after all, I do expect to pay this person for attending me.

醫院服務窗口：We quite understand that, madam. But these are (6.　　　　) times, you know.

史蒂文生太太：Well—

＊第十五組測驗解答：

1. hire 2. companionship 3. in particular 4. catechizing

5. patient 6. war

內文提示：

1. What is the time?：現在幾點了？

2. I want the nurse's registry, at once.：立刻幫我接通護士登記處。

3. What is the nature of the case, madam?：女士，請問妳是什麼樣的病情？

4. I'm very nervous. I need soothing companionship.：我精神衰弱，需要一個陪伴看護。

5. Have you been recommended to us by any doctor in partic-

ular?：哪一位醫生曾經幫妳推薦嗎？

6. catechize：（v.）連續盤問。

7. But I really don't see why all this catechizing is necessary.：
   但是我不認為這些連續盤問是有必要的。

························································································

# 送護士到家服務

＊第十六組填空測驗：

醫院服務窗口：Registered nurses are very（1.          ）just
now — and our（2.          ）has asked us to send people
out only on cases where the（3.          ）in charge feels
that it is absolutely necessary.

史蒂文生太太：Well, it is absolutely necessary. I'm a sick
woman. I'm-I'm very upset. Very. I'm alone in this house —
and I'm an invalid — and tonight I overheard a telephone con-
versation that upset me dreadfully.（4.          ）if someone
doesn't come at once, I'm afraid I'll go（5.          ）!

醫院服務窗口：I see. Well — I'll speak to Miss Phillips

(6.          ) she comes in. And what is your name, madam?

史蒂文生太太：Miss Phillips? And when do you expect her in?

醫院服務窗口：Well, I really couldn't say. She went out for

(7.          ) at eleven o'clock.

史蒂文生太太：Eleven o'clock! But it's not eleven yet!  Oh —

oh, my clock has stopped. I thought it was (8.          ).

What time is it?

醫院服務窗口：Just fifteen minutes past eleven....

史蒂文生太太：What-what was that?


＊第十六組測驗解答：

1. scarce 2. superintendent 3. physician 4. In fact

5. out of my mind 6. as soon as 7. supper 8. running down


內文提示：

1. Registered nurses：有登記的護士。

2. scarce：供不應求的、稀少的。

3. hospital superintendent：醫院院長。

4. Our superintendent has asked us to send people out only on cases where the physician in charge feels that it is absolutely necessary.：院長要求我們只有在主治醫生認為有必要時，才可以送護士到家服務。

5. as soon as：一……就……

6. I'll speak to Miss Phillips as soon as she comes in.：等飛利浦小姐一進來，我就告訴她。

7. When do you expect her in?：你知道她什麼時候會進來？

8. I thought it was running down.：我以為它已經（因沒電）停了。

......................................................................

# 有人拿起分機

＊第十七組填空測驗：

醫院服務窗口：What was ... what, madam?

史蒂文生太太：That — that（1.　　　　）— just now, in my

own telephone. (2.       ) someone had lifted the

(3.       ) off the hook of the (4.       ) telephone

downstairs.

醫院服務窗口：Well, I didn't hear it, madam. Now, about

this—

史蒂文生太太：But I did. There's someone in this house.

Someone downstairs in the (5.       ). And they're —

they're listening to me now. They're —

史蒂文生太太：I won't pick it up. I — I won't let them hear me.

I'll be quiet and they'll think... Oh, but if I don't call someone

now while they're still down there, there'll be no time...

接線生：Your call, please?

史蒂文生太太：Operator. Operator. I'm in (6.       ) trou-

ble.

接線生：I'm sorry. I cannot hear you. Please speak louder.

史蒂文生太太：I don't dare. I — there's someone listening.

Can you hear me now?

接線生：I'm sorry.

＊第十七組測驗解答：

1. click 2. As though 3. receiver 4. extension 5. kitchen

6. desperate

內文提示：

1. click：（n.）喀嗒聲。

2. extension：（n.）分機。

3. receiver：（n.）聽筒。

4. As though someone had lifted the receiver off the hook of the extension telephone downstairs.：好像有人拿起樓下分機的聽筒。

5. I won't pick it up.：我不想接（電話）。

# 對不起，打錯電話

＊第十八組填空測驗：

史蒂文生太太：But you've got to hear me. Oh, please. You've

got to help me. There's someone in this house. Someone who's going to murder me. And you've got to get in touch with ...

史蒂文生太太：Oh — there it is. There it is. Did you hear it? He's put it down — he's put down the extension phone. He's coming up... He's coming up the (1.         ). Give me the Police Department ... the Police Department ... Police Department ... give it to me ...

接線生：One moment, please — I will connect you.

史蒂文生太太：I can — I can (2.         ) him. He's nearer. Oh, I hear him, I hear him. Hurry. Hurry. Hurry.

馬汀警佐：Police Department, Sergeant Martin speaking ... Police Department. Sergeant Martin speaking ... Police Department. Sergeant Martin speaking ... Police Department. Sergeant Martin speaking.

喬治：Police Department? Oh, I'm sorry. Must have got the wrong number. Don't worry. Everything's okay.

＊第十八組測驗解答：

1. stairs  2. hear

內文提示：

1. get in touch with ...：與某人連絡。

2. he's put down the extension phone. He's coming up the stairs. 他已經放下分機，上樓來了。

3. He's nearer.：他越來越近。

4. Must have got the wrong number.：一定是打錯電話。

# 中英有聲解說

CD-19

**Key words**：

man in black：穿黑衣的男人

suspense：懸疑

premiere：首映、首演

stage：舞台

operator：接線生

three quarters of an hour：四十五分鐘

CD-20

phone booth：電話亭

patrolman：巡邏員

downstairs：樓下

visible：可看見的

in case：以防萬一

suffer：受苦

bracelet：手鐲

jewelry：珠寶

bureau：五斗櫃

drawer：抽屜

CD-21

at once：立刻、馬上

cold-blooded：冷血的

fiend：惡魔

innocent woman：無辜的婦人

on purpose：故意的

explicitly：清楚地、明白地

I want to trace that call.：我要追蹤那通電話。

civic duty：市民的責任

apprehend：逮捕

CD-22

It depends.：要視情況而定

disconnect：電話斷線

party：打電話者

If the parties have stopped talking to each other.：如果打電話的人已經不再通話的話。

by now：此刻已經

Of course they must have stopped talking to each other by now.：當然，他們此刻一定已經停止通話了。

at least：至少

That was at least five minutes ago.：那至少是五分鐘以前。

I mean, I merely felt very strongly that something ought to be done about it.：我的意思是，我只是有強烈的感覺，非採取什麼行動不可。

for heaven's sake：看在上帝面上

red tape：官僚作風；繁文縟節

Precinct 43：四十三分局

commit a murder：殺人；犯了謀殺罪

overheard：overhear 的過去式、過去分詞；無意中聽到

## CD-23

It's the maid's night off：女佣晚上休假。

We'll look into it.：我們會去調查。

We'll take care of it.：這件事我們會管。

coincidence：巧合

You know how many bridges there are in the city of New York alone?：妳知道光是在紐約市就有多少座橋？

Not to mention Brooklyn, Staten Island, Queens, and the Bronx.：更別提布魯克林區、史泰登島、皇后區和布朗克斯區。

## CD-24

long-distance call：長途電話

Why don't you look at it this way?：為什麼妳不這樣想？

upset：心煩的

It sounded so inhuman.：那聽起來很沒人性。

clue：線索

vague：模糊的、不明確的

phony：假的

She weighs two hundred pounds.：她體重有兩百磅。

She's too lazy to bring up my breakfast tray.：她懶到不肯幫我端早餐盤過來。

He's crazy about me：他狂愛著我。

adore：崇拜

Well, then, there's nothing for you to worry about.：既然這樣，那就沒什麼好讓妳擔心的。

watch out：注意、小心

suspicious：可疑的


<u>CD-25</u>

If I could get a breath of fresh air, just lean out the window and see the street...：假如我能夠吸到一口新鮮的空氣，只是探出窗外，看看街道就好……

Oh, what's the matter with this phone?：哦，這支電話是怎麼搞的？

I'll fix her!：我要修理她！

impudent：鹵莽的、不知恥的。

How dare she speak to me like that?：她居然敢跟我那樣講

話？

CD-26

superior：上司

insolence：傲慢的態度

I'm going out of my mind!：我快要發瘋了！

all of a sudden：突然間

There must be other lines available.：一定還有別條線可以通。

CD-27

Classified Directory：分類廣告電話簿

spiteful：惡意的

Western Union：西聯電報匯款公司

telegram：電報

Leaving for Boston eleven P.M. tonight.：今晚十一點前往波士頓。

CD-28

I'm entitled.：我有資格。

appendix：盲腸

catechize：連續盤問

But I really don't see why all this catechizing is necessary.：但

是我不認為這些連續盤問是有必要的。

scarce：供不應求的

hospital superintendent：醫院院長

I'll speak to Miss Phillips as soon as she comes in.：等飛利浦小姐一進來，我就告訴她。

<u>CD-29</u>

extension：分機

receiver：聽筒

get in touch with...：與某人連絡

# 入會辦法

◆**悅讀輕鬆卡**：第一年入會2300元（年費2000元，含入會費300元），任選600元以下優質好書
　　　　　　　　10本，第二年起續會免入會費。

◆**悅讀VIP卡**：第一年入會5000元（年費4700元，含入會費300元），任選600元以下優質好書
　　　　　　　　24本，第二年起續會免入會費。

# 會員獨享權益

☑ 自由選購定價600元以下好書，相當市價購書5～6折優惠。
☑ 每雙月贈讀書雜誌〈時報悅讀俱樂部專刊〉，免費贈閱一年。
☑ 會員專屬入會獨家賀禮，價值千元以上，絕對超值。
☑ 優先享有參加作家偶像名人記者會/讀書會/讀友會/簽名會/演講座談等活動的權利。
☑ 無限量購書，完全免運費，一律以宅配通或掛號寄送。
☑ 生日當月享有特別消費折扣、賀卡或抽獎活動等優惠。
☑ 不定期享有俱樂部會員獨享特惠價，專人服務，專屬網路！
☑ 憑卡可優惠參加時報出版舉辦的各項精采展覽及藝文活動。
☑ 憑卡可優惠參加工商時報大學講座。
☑ 憑卡可優惠參加時報文化會館各項活動。

Studying 系列⑭

躺著學英文 3——打開英語的寬銀幕

作　　者－成寒
編　　輯－林文理
美術編輯－許立人
專案企劃－王嘉琳

董 事 長－趙政岷
出 版 者－時報文化出版企業股份有限公司
　　　　　108019台北市和平西路三段二四○號三樓
　　　　　發行專線－(○二)二三○六－六八四二
　　　　　讀者服務專線－○八○○－二三一－七○五・(○二)二三○四－七一○三
　　　　　讀者服務傳真－(○二)二三○四－六八五八
　　　　　郵撥－一九三四四七二四時報文化出版公司
　　　　　信箱－10899台北華江橋郵局第九十九信箱
時報悅讀網－http://www.readingtimes.com.tw
電子郵件信箱－popular@readingtimes.com.tw
法律顧問－理律法律事務所　陳長文律師、李念祖律師
印　　刷－紘億彩色印刷有限公司
初版一刷－二○○三年七月二十四日
初版九刷－二○二○年十月八日
定　　價－新台幣二二○元

ISBN 978-957-13-3947-4
Printed in Taiwan

**國家圖書館出版品預行編目資料**

躺著學英文3：打開英語的寬銀幕/成寒作.
 —初版.—臺北市：時報文化，2003〔民92〕
 面； 公分.—（studying系列；14）

 ISBN 957-13-3947-4（平裝附光碟）

 1.英國語言－讀本

805.18

| 編號：PS0014 | 書名：躺著學英文3－打開英語的寬銀幕 |
|---|---|

| 姓名： | 性別： _____ 1.男　　2.女 |
|---|---|

| 出生日期：　　年　　月　　日 | 身份證字號： |
|---|---|

_____ 學歷：1.小學　2.國中　3.高中　4.大專　5.研究所（含以上）

_____ 職業：1.學生　2.公務（含軍警）　3.家管　4.服務　5.金融

6.製造　7.資訊　8.大眾傳播　9.自由業　10.農漁牧

11.退休　12.其他

地址：□□□ _____ 縣 _____ 鄉 _____ 村 _____ 里
（市）　　　（鎮區）

_____ 鄰 _____ 路 ____ 段 ____ 巷 ____ 弄 ____ 號 ____ 樓
（街）

E-mail 帳號：_____

（下列資料請以數字填在每題前之空格處）

_____ 購書地點／
1.書店　　2.書展　　3.書報攤　　4.郵購　　5.直銷　　6.贈閱　　7.其他

_____ 您從哪裡得知本書／
1.書店　　2.報紙廣告　　3.報紙專欄　　4.雜誌廣告　　5.親友介紹
6.DM廣告傳單　　7.其他

_____ 您希望我們為您出版哪一類的作品／
1.心理　　2.勵志　　3.成長　　4.潛能　　5.知識　　6.其他

您對本書的意見／
_____ 內容／1.滿意　　2.尚可　　3.應改進
_____ 編輯／1.滿意　　2.尚可　　3.應改進
_____ 封面設計／1.滿意　　2.尚可　　3.應改進
_____ 校對／1.滿意　　2.尚可　　3.應改進
_____ 定價／1.偏低　　2.適中　　3.偏高

您希望我們為您出版哪一位作者的作品／
_____

您的建議／
_____

_____

廣　告　回　信
台北郵局登記證
台北廣字第2218號

地址：10803台北市和平西路三段240號3樓
讀者服務專線：0800-231-705・(02)2304-7103
讀者服務傳眞：(02)2304-6858
郵撥：19344724 時報文化出版公司

請寄回這張服務卡（免貼郵票），您可以——
●隨時收到最新消息。
●參加專為您設計的各項回饋優惠活動。

隨時鞏固您的求知最前線

寄回本卡：掌握 Studying 系列的最新訊息。